那些毛线。为此，他挨了不少的冷嘲热讽，甚至有人说他不
北。他不客气地回敬几句，却没有停下手里的编织。

他编的是一种叫"彩线娃娃"的小玩意儿。强忍着众人
们，只为了女人曾说过的那句话。那是刚过完年，他要
工了，临出门时，她明明有些难分难舍，却故作满不
"你安心地去吧，想你了我就编个彩线娃。等你回
咱就有一大堆娃娃了。"他打趣说，"一大堆娃
一个会喊爸叫妈的娃娃。"一句话，说得她的脸
红脸。

了，我就编一个彩线娃娃，闲暇之余。"他和
的集贸市场闲逛时，看到卖毛线的，突然想起
的这句话。为了打发无聊的时间，更为了给
一个出口，他也买了些毛线，在宿舍里悄
来。

绿的五彩毛线，那么轻轻巧巧地王缠两
个漂亮的彩线娃娃！调皮的眉眼，黑黑
上撇顶玲珑帽，
马甲，多么有
人！它有着
亮的眼睛，
鼻子，一
巴，真是
不住使
一口。
急中
秘
景

1+1工程

1+1
GONG
CHENG
第一辑

九十九只
彩线娃娃

吕保军

百花洲文艺出版社
BAIHUAZHOU LITERATURE AND ART PRESS

图书在版编目(CIP)数据

九十九只彩线娃娃 / 吕保军著 . —南昌:百花洲
文艺出版社,2013.5(2020.6重印)
(微阅读 1 + 1 工程)
ISBN 978 - 7 - 5500 - 0640 - 9

Ⅰ.①九… Ⅱ.①吕… Ⅲ.①小小说—小说集—中国
—当代 Ⅳ.①I247.8

中国版本图书馆 CIP 数据核字(2013)第 099415 号

九十九只彩线娃娃

吕保军 著

组稿编辑:陈永林
责任编辑:赵　霞
出　　版:百花洲文艺出版社
发行单位:全国新华书店
印　　刷:三河市人民印务有限公司
开　　本:700mm×960mm　1/16
印　　张:12
版　　次:2013 年 8 月第 1 版
印　　次:2020 年 6 月第 4 次印刷
字　　数:120 千字
书　　号:ISBN 978 - 7 - 5500 - 0640 - 9
定　　价:29.80 元

赣版权登字:05 - 2013 - 235

前　言

　　以"极短的篇幅包容极大的思想"，才能够以小胜大，经过读者的阅读，碰撞出思想的火花，震撼人的心灵。正因为这样，微型小说成为一种充满了幽默智慧、充满了空灵巧妙的独特文体。

　　如果说在二十一世纪的头一个十年，是互联网大大改变了我们的生活，那么在我们正在经历的第二个十年里，手机将更为巨大地改变我们的生活。如今，以智能手机为平台，正在构成一个巨大的阅读平台。一种新的阅读方式正不知不觉地走进大众的生活。一个新的名词就此产生，它便是"微阅读"。微阅读，是一种借短消息、网络和短文体生存的阅读方式。微阅读是阅读领域的快餐，口袋书、手机报、微博，都代表微阅读。等车时，习惯拿出手机看新闻；走路时，喜欢戴上耳机"听"小说；陪人逛街，看电子书打发等待的时间。如果有这些行为，那说明你已在不知不觉中成为"微阅读"的忠实执行者了。让我们对微型小说前景充满信心和期待的是，微型小说在微阅读的浪潮中担当着极为重要的"源头活水"。

肩负着繁荣中国微型小说创作、促进这一文体进一步健康发展的责任和使命，微型小说选刊杂志社推出了"微阅读1+1工程"系列丛书。这套书由一百个当代中国微型小说作家的个人自选集组成，是微型小说选刊杂志社的一项以"打造文体，推出作家，奉献精品"为目的的微型小说重点工程。相信这套书的出版，对于促进微型小说文体的进一步推广和传播，对于激励微型小说作家的创作热情，对于微型小说这一文体与新媒体的进一步结合，将有着极为重要的作用和意义。

编者

2014 年 9 月

目　　录

妈妈会派人来看我

有个5岁的小男孩，爸爸每天早出晚归打工挣钱，家里只剩下他和妈妈两个人。他妈妈已是肝硬化晚期，随时都可能有生命危险。小男孩很懂事，看妈妈的病情稍微轻些，他就用小手拉着妈妈在院子里散散步；当妈妈身体难受需要喝水时，他就吃力地爬上桌子去倒热水，然后一汤匙一汤匙地喂妈妈喝。他从不出去玩儿，总是偎在妈妈身边陪伴着她。

妈妈的心像刀剜似的难受，她多想亲眼看着儿子一天天长大呵。一想到日后，别人的孩子都有妈妈疼爱，惟独自己的孩子没有，她的眼泪就像断了线的珠子，簌簌地滚落。她试探着问儿子，假如有一天妈妈走了，永远不再回来了，你会不会想妈妈？会不会哭着找妈妈？看儿子咬着嘴唇似懂非懂地点点头，女人强忍住满腔悲痛，故作镇静地说，儿子别怕，来，好好望着妈妈的眼睛。你记住，即使妈妈有一天真的走了，我也会派个人经常去看你。

女人突然恶化的那天早晨，儿子被好心的邻居瞒哄着抱出去了。晚上等他再被抱回的时候，家里已经看不到妈妈的身影了。儿子的小心灵里隐约预感到了什么，他不哭也不闹，有关妈妈的字眼儿一句也不提，情绪反常得令所有的大人都惊诧不已。不过，细心的爸爸还是发现，儿子会赖在妈妈躺过的地方一呆就是小半天，他会不自觉地拿起那只喂水的汤匙抚弄个不休。小孩子嘴上不说，心里到底还是在想念妈妈。爸爸的眼圈不由自主地就红了。

爸爸每天仍要外出挣钱，根本无暇照顾儿子，只好把他一个人丢在家里，叮嘱他千万不要跑出去。可是有一天当他收工回家，却没有看见儿子，爸爸的脑子"嗡"地一下就懵了，赶紧四处去寻找。最后，竟在一个十字路口发现了儿子，一个瘦弱的小身影正独自蹲在那儿，眼巴巴地朝路人张望着。爸爸嫌儿子不懂事，自己干一天活累得够呛，还得出来找他，所以不问青红皂白上去就打了儿子两巴掌，并厉声呵斥，谁让你不听话，到处乱跑的？儿子委屈得嚎啕大哭，我想妈妈了！妈妈说她会派人来看我，我在等那个来看我的人！

一句话，惹得男人泪湿了眼眶。爸爸知道，儿子几乎每晚都会梦见妈妈，在梦里，妈妈仍像往常一样唤他的小名，老远就扑过来将他抱了又抱、亲了又亲，还买来很多好吃的、好玩的，逗得他像只快乐的小狗围着妈妈直撒欢儿……说实话，爸爸何尝不想有个人来看望一下儿子，给他幼小孤寂的心灵一点点安慰呢？可这份奢望，又是多么地不现实啊。爸爸只好轻言软语地哄儿子：好孩子，也许那是妈妈怕你舍不得她，在哄你、安慰你哩。

儿子却执拗得很，他不满地朝爸爸嚷，不，你才哄人哩！妈妈从不说谎，她说会派个人来看我，就一定会有人来看我的！儿子的眼里噙着亮晶晶的泪花，执著地拦住过路的每一位陌生人，挨个问，阿姨，你是我妈妈派来看我的人吗？叔叔，你是我妈妈派来看我的人吗？……

望着儿子可怜巴巴的模样，男人霎时悲伤成河。假如这时候能奇迹出现，有个人突然走到儿子跟前说：好孩子，我就是你妈妈派来专程看望你的！那么，无论让男人付出多大的代价，他都心甘情愿！

奇迹终于出现了。

这一天，家里突然来了一个陌生的女人，指名道姓要找儿子。这时候的儿子，已经长大了，也长高了，刚刚考上了市重点初中。儿子心底"咯噔"一下，马上就猜到，这个女人该不会是妈妈派来看望我的人吧？

陌生女人凝望着眼前的大小伙子，一双眼睛突然盈满了晶莹的泪水。她忐忑不安地轻唤着，好孩子，来，让阿姨好好瞅瞅你。

这句话，更加证实了儿子最初的判断。一霎时，童年忧伤的记忆里，那股渴望妈妈爱抚的热望，立刻又潮水般溢满了周身。他轻轻地走近女人，两眼一眨不眨地注视着她的眼睛——这是一双多么美丽的眼睛，尽管眼底间或会闪过一丝愧疚，但它投射出来的目光，依然漾满了母亲特有的慈爱与温情！小伙子激动得胸脯不停地起伏着，真想扑进女人怀里叫一声，妈妈！但是，他还是克制住了自己，喃喃地说：你终于来了！我就知道，你一定会来看我的！

女人的脸上掠过一丝惭色，她抱歉地说：孩子，阿姨对不住你，其实阿姨早就该来看望你的……

原来，妈妈在临终前曾做了个伟大的决定：死后捐出眼角膜。可怜的妈妈担心儿子长大后会忘了自己，她这么做就想让儿子知道，自己当年做了一件很了不起的事情，也算是给儿子留下一笔精神财产吧。妈妈对受捐者没什么特别的要求，她只希望对方能经常来看一眼自己的孩子，也就等于是她自己看到了！这是她作为母亲，疼惜儿子的一片心呀！

而这个陌生女人，正是眼角膜捐赠的受益者，当年她接受了妈妈的捐赠，并很快做了移植手术，不久眼睛就恢复了健康。这个女人是个知恩图报的人，遵照捐赠者留下的遗言，她本想经常去看望好心人的儿子的，但近年来因治疗眼疾，穷得已是家徒四壁了，自己拿什么去回报好心人天大的恩德呢？恰在此时，有位在南方打工的同乡打电话来说，已联系好了活计，要他们速速起身过去。于是，丈夫安慰女人说，不是咱不想做好人，实在是爱莫能助呀！咱们还是先抓紧挣钱吧，等以后发达了，再想办法补偿他们也不迟。就这样，夫妇俩一起到南方打工，这一去就是八九年。可是如今，眼瞅着自己一双可爱的儿女，女人内心的愧疚与日俱增。

这天，她终于熬不住了，试探着问丈夫，要不，咱回去看看那个孩子吧？若没有人家的眼角膜，恐怕我的一双眼睛早瞎了，指不定要遭多大的罪哩，咱哪来今天这么好的日子？

丈夫也感慨地说，是啊，一晃都这么多年了……

女人流着泪说，我一直就想亲眼看看那个孩子，看看他过得好不好？咱力所能及地帮人家一把，否则我这辈子都良心有愧！……

丈夫赞同地点着头，他心里也很不好受。

女人的眼睛潮润润的，越瞅越觉得眼前的小伙子是如此亲切。她猛地从兜里掏出一大把钱，使劲往儿子的怀里塞，好孩子，阿姨这次来，就是想补偿你一下……

　　儿子的泪水簌簌地往下淌，他如释重负般长长喘息了一声，恳切地说，阿姨，我不要你的钱！今天你能来看我一眼，证明我妈妈当年没有说谎，这已胜过任何金钱的馈赠！

二十年后的眼泪

　　他，十九岁，正是金色的草样年华。因为父亲在一家餐馆当厨师，他也对厨师这个行当产生了浓厚的兴趣。他特别羡慕戴白色高边帽、掂大勺的父亲，往炉灶边一站，风生水起雨卷云收，叮叮当当一阵响，一盘色香味俱佳的菜肴就上来了，简直就像变魔术一样。他也想成为那样的人，甚至连做梦都在跟父亲切磋厨艺呢。

　　高考落榜后，他再也不愿继续读书了。不顾父亲的百般劝阻，怀着一腔美好的憧憬，第一次走进了厨房。

　　那是他第一天上班，心里对父亲敬畏有加，希望父亲对他多关照、多指点。父亲往砧板上丢下一块肉，大声喝道："把肉'片'一下。"

　　他当时不知切肉的规格要求，拿着那块肉惶惑地问："可是，怎么切呢？"

　　也不知父亲为何火气那么大："你连切片都不会，还有胆跑来饭店当厨师？"说着，把那块肉塞进他手里，又抓住他持刀的右手，狠狠地"片"了过去。他一时措手不及，只感到手掌一阵刺痛，那块肉竟然沁出血水来。瞬时间，他脸色大变，浑身颤抖。原来这一刀竟片在了他手上。父亲也慌了，脸色一阵青一阵白。他狠狠地瞪了父亲两眼，强忍住心中的愤怒，把刀一摔，头也不回地走了。

　　他没有回家，而是负气出走了，踏上了去外地的列车。坐在列车上，他难过得淌下了眼泪：自己一心一意求上进，父亲为何这般侮辱呢？他的心里充满了怨恨。生性倔强的他不是个遇挫折就甘愿认输的人。很快，他就在一座南方小城里找了家餐馆打工。这次进厨房，很久不敢摸师傅们的刀具，直到他确实觉得已经对片、切、剁、刮等各种要求都了然在胸以后。闲暇之余，他放弃了所有年轻人喜爱的娱乐和应酬，一个人悄悄地留在厨房里苦练刀法。

有许多好心人告诫他："下苦功练刀法不如多掌握烹饪技巧，做出名菜可以当名厨，比这有前途。"然而每当闲暇之余，抚摸到虎口处的伤疤，那屈辱的一幕就异常清晰地浮现在眼前。难堪的痛苦让他不顾一切地冲进厨房，又发泄似的练起刀功来。他提醒自己不要动摇了立下的誓愿：一定要成功给父亲看！

工夫不负有心人。后来他果然成功了，成了赫赫有名的"天下第一刀"。从参加第一届蔬果雕刻比赛起，他不仅赢得了海内外比赛的许多金、银牌和冠军杯，还出版了几本雕刻专著，在烹饪界引起强烈反响。

时间已过去了二十年，二十年间，他手上那道疤，似乎一直在隐隐作痛，积攒成了一个越来越难以释怀的心结。

终于有一天，他再也沉不住气了，也觉得是时候了。他决定去找父亲。当他找到父亲的时候，却一下子愣住了。二十年来，父亲横眉立目的粗暴样子一直在他脑海里盘旋，已经深深地烙印在记忆里了。可是，从后面厨房里慌里慌张地跑出来的，却是一位脸上挂着泪痕的老者。他的腰上系着油渍麻花的围裙、扬着一双脏兮兮的手。二十年光阴，父亲老了，老得头发花白，眼神污浊，背驼得很厉害。从种种迹象判断，他已是二三线上的厨师，说白了就是给头牌师傅打打杂罢了。父亲这种际遇，似乎出乎他的想象之外却又在意料之中。他伫立在父亲面前，一时竟不知说什么好。二十年来，曾无数次幻想过父子相见的情景，却没想到当这一天终于到来的时候，他竟然有一种想大哭一场的感觉。

父亲泪流满面地站在面前，呐呐地叫着他的名字，不安地绞扭着双手。突然，他发现父亲左手背上也有一处赫然在目的伤疤。他疑惑地指着那道疤问："你，你的手上怎么了？"

父亲吭吭哧哧地说："这……这都是很久以前的事了，不说了吧，只要你回来就好。"

他的好奇心上来了，追问道："说说，一定要说。我想听。"

父亲手足无措起来，痛悔地讲述着："你知道吗？那时候，我一心盼你发奋念书，不想让你入这一行，我干了一辈子厨师，知道个中的苦哇！那次把你的手划破，我是想让你知难而退。当你愤然离家出走后，我想，说不定哪天你受不了外面的苦，就会浪子回头。可你一走就是十几年杳无音信，我等啊等啊，渐渐地我开始后悔了。我对不住你呀，当初那一刀，往轻了说，是堵死了你的一条谋生道；往重了说，简直就是毁了你一辈子啊！我越想越后悔，忍不住在自己手背上也划了一刀。我每天抚摸着手上这道疤，在心里默默地念叨你。直到有一天，突然看到电视里播出你的专访，那一刻我泪如雨下泣不成声。我既难过又感到欣慰。我难过的是，你用成功证明了我当初的阻拦是错的；欣慰的是，你终于没有让我痛悔终生。孩子，是我错了！你能原谅我吗？"说到动情处，父亲又一次淌下了愧疚的眼泪。

像把所有汤汤水水的佐料一股脑儿吞进了胃里，那种难以言说的滋味，呛得他的泪水扑簌簌地顺着脸颊涌淌成河——这是埋藏在心底长达二十年的眼泪呵。他惊讶地发现，其实自己早已原谅了父亲，这次来找他只不过想了结积郁心中多年的那个心结。

说起来，他还要感激父亲，正因为挨那一刀，让他及早确立了人生的目标，把一份屈辱化做了向上的动力。事情过去了二十年，多大的积怨也烟消云散了。

"爸！——"他喊了一声，一把抓起了父亲的手。二十年后，父子俩只带疤的手紧紧地握在了一起。

依然是好哥们儿

下课铃刚响过，我就忍不住了，凑到王根身边说：班长……

班长王根抬起头，笑着问：有事么？他大概奇怪我怎么突然改了口，也喊他班长了？以前是以哥们儿相称的。在宿舍里，我与王根睡上下铺，是整天形影不离的死党。我俩无话不谈，包括喜欢什么样的女孩子……往往刚熄灯，其中一个就哧溜钻进对方的被窝继续悄声拉呱。可是这次，我却把溜到嘴边的话咽了回去：没、没事。

到晚自习时，我又忍不住了，我说：班长你……

王根像不认识我了似的说：咋回事儿你？说话吞吞吐吐的！你以前不是这样子。

我被他说得不好意思了，又一次把话咽进了肚子里：哦，没……没事。

王根大笑起来，笑得前仰后合的：你呀，神经病！

其实我想告诉他，我知道刘海那小子丢的白馒头被谁偷吃了。早晨吃饭时，刘海忽然嚷起来，说他的大白馒头被人偷吃了一个。惹得刚要吃饭的全班同学你看看我、我看看你，大眼瞪小眼，生怕自己被当成怀疑的对象。

我的脸唰地一下热了。扭头瞅瞅王根，他正捧着半块棒子面饼子埋头猛啃。那时候，农村的生活条件还不富裕，大部分同学吃的是棒子面窝头或锅贴，只有为数不多的几个村干部家的孩子才能吃上白馍。同学们吃饭都爱扎堆儿，正值长身体的时候，谁不想吃顿好的呢？那些吃白馍的人自然就成了大家羡慕的对象。

我曾悄悄地对王根感叹：啥时咱俩也能吃上一顿白馍啊！

王根平时最看不上眼的，就是那几个吃白馍却成绩很差的人，他鄙夷地说，哼，吃个白馍有啥了不起的？看以后吧，等咱出息了，顿顿吃白馍，吃到看见白馍就想吐！

班长王根家境贫寒，学习刻苦成绩也好，深得老师赏识。他根本不屑与吃白馒头的同学为伍，自己啃着棒子面饼子照样吃得很香。他发誓要考上大学，然后出人头地。

这会儿刘海刚一嚷嚷，王根就不愿意了，摆出班长的威严，极不屑地嗔责：呸！丢一个白馍值得这么叫嚷么？丢就丢呗！不就一个白馍嘛，跟谁稀罕似的！

便有几个同学跟着起哄：就是，就是。不就一个白馍嘛，跟谁稀罕似的！

只有我不吭声。

见犯了众怒，识趣的刘海也就不嚷了。大家开始埋头吃自己的饭，教室里一片咀嚼声。

可最终我还是没能忍住。我再一次走到王根身边，我说：局长——

局长王根从文件堆里抬起头，一脸愕然地望着我，等我的下文。

转眼已是二十年后。后来我俩考上了同一所大学，学的是同一个专业，毕业后又阴差阳错地分到了同一个单位。这以后的十几年里，我们俩的身份地位发生了巨大改变。王根凭借一身过硬的本领，一路扶摇直上，坐上了局长的宝座。作为他的下属，除了谈工作，其实我们很少有时间能如此近距离地闲聊。

我豁出去了似的说，局长，有件事我憋在心底二十年了，一直没有吭声。我很后悔。

局长翻找文件的手停了下来，嗯？什么事情？

当年那个白馒头的事儿，您还记得吗？我旧事重提。

……馒，馒头？什么乱七八糟的？你到底想说什么？

该死！我忘了王局长从不愿在摸不着边际的事情上费神。我继续说下去：对，就是馒头！那年在县城高中，咱班的刘海曾丢了个白馒头。

王局长无声地笑了。他大概想起当年艰难求学的往事了，脸上浮现出亲切的笑容。他说，难为你了，这么多年还记得这件事。我也纳闷，你说咱宿舍里当年会是谁偷吃了那个馒头呢？

你！逼视着他的眼睛，我一字一顿地说。

他陡地一惊，先是拿眼睛威严地瞪着我，可渐渐地，他的目光就瘫软了下来。

三个月后，我们的王根局长突然被勒令停职，接受审查。据有人举报，他曾在半年前发包某项工程时收受了贿赂。这件事登时在局里闹得满城风雨，大家都一致认为，他这局长恐怕是当到头了。然而出乎意料的是，不久他又被悄悄地官复原职。原来经审查机关仔细核实，当时他是接受了那笔贿款，却并未私吞，很快又如数退还了。这次仕途上的风波只不过是一场虚惊。

这以后，我俩又成了无话不谈的好哥们儿，经常私下里喝酒小聚。有一次他喝醉了，搂着我的肩膀愧疚地说，老同学，在接受调查的那几天，我一直在想馒头的事，我这次的受贿跟当年的偷吃何其相似啊。没想到多年后，我还是没能抵住一个"白馒头"的诱惑！可再怎么掩饰，终究躲不过背后一双雪亮的眼睛。幸亏我身边有你这样的净友，真是人生一大幸事啊！

 # 放电影的海升

乡村夏夜。村外空旷处。

白银幕。黑压压攒动的人头。灯亮了。换卷的间隙，成千上万双眼睛齐刷刷地盯着放映机旁那个忙碌的身影。耀眼的灯光里，是一位长相英俊的小伙正埋头倒片子。男人们在黑暗中高声叫骂着，开着善意的玩笑。他不吭声，偶尔抬起头和善地咧嘴一乐，露出两颗洁白的虎牙。

他是我的好朋友海升。成为乡镇放映员的那年腊月，他就把村里最漂亮的女孩子春秀娶回了家。从此，我跟他疏远了起来。因为春秀是我暗恋了很久的对象。我抱怨春秀眼皮子浅，更恼恨自己根本不配当海升的情敌。据说海升亲自去春秀家提亲，当着她全家人的面，把一包东西往桌子上一摔："腊月底结婚，你同不同意？不让娶的话，我可要在这一堆里挑人了！"那包东西全是鞋垫、围脖、毛袜之类的表情之物——几乎所有的未婚女孩都想成为他的女人——是她们偷塞进他衣兜里的。

之后很久，我仍在回味海升那一摔的惊人之举，该是怎样的意气风发呵。

城市街头。电影院旁。

行色匆匆的我，突然看到那个伫立在电影海报栏前面的人。是海升！只见他衣衫破旧，头发凌乱，脏兮兮的脚上拖着一双鞋片儿，一副进城民工的模样。

小酒馆内。我俩畅饮叙旧。海升"滋儿"地啜饮一盅，忽然泪流满面。

春秀死了！是喝农药死的。我的心也死了，因为放电影已是遥不可及的梦。你进城后的第二年，我就被乡里精简下来，只落得一台放映机，几部旧片子。起初十里八村谁家有红白事，还有人来请我放电影助兴。

随着电视的日渐普及，露天电影终究是没人看了，唉，没人看了。

我已有两个儿子，一大家子的花销与日俱增。可除了放电影，我不会任何手艺，更没出惯苦力，刹时陷入了窘困境地。曾贷款搞了个家庭影院，因不易找到新片源，慢慢就黄了，白拉下一屁股饥荒。春秀整天骂我没本事，骂我整个人叫电影给糟害了。她让我随村里的建筑队干杂工，我落不下脸面。电影曾经带给我那么多的荣耀，咋说没就没了呢？没有人看，我就放给自己看，边看边借酒浇愁。春秀哭自己当初瞎了眼，嫁了个窝囊废。她不提当初便罢，一提我更窝火：若不是当初放电影，你能嫁给我？手一伸大巴掌就甩了过去。谁料她一时想不开，夜里喝了敌敌畏，等发现时已经晚了……

醉眼朦胧的海升趴在酒桌上，反复嘟囔着一句话：……我要能早出来闯，她也许就不会死……

春秀娇好的面容，海升当年意气风发的派头，在我脑海里又一次浮现出来。生活这部电影，莫非被谁剪辑错了？

县城大街。海升批发部。

那次一别，我与海升不相见快十年了吧？听朋友讲，他做批发生意发了财，如今神气着呢！他又结了婚，找了个小他近十岁的漂亮媳妇，叫弄玉。

一身穿戴全是名牌，脖子里一挂金链子老粗，指头上一只钻戒老大。见到我来，海升一脸的喜气：哪阵风把你吹来了！遂直起脖子朝里面喊：弄玉——快沏茶来！好茶！

门帘一挑，一位笑盈盈的窈窕女子捧着茶壶款款而进。我吓了一跳。这叫弄玉的女子，眉眼间颇有几分春秀当年的影子。只觉眼前一花，我的记忆一下子闪回到十年前的小酒馆，落拓潦倒的海升曾哭诉过一段悲惨经历。我掩饰起自己的失态，忙说：都说你发达了，我还不信，竟是真的呢。

海升神秘地一笑，也不答话，痴热的目光粘粘的朝着斜对面望过去，望过去。

我的眼神也朝他目光所及的地方望去。这一望，可就醒了。原来是南柯一梦！

惊醒后的我，疑惑不已：梦里的海升，朝着斜对面望什么呢？

几天后，我真的驱车赶往了县城。是那个叫弄玉的女人约我来的。她在电话里说，海升需要见你，你快来吧。

找到海升批发部时，夜幕已然降临。却不见海升。他的儿子迎出来说，我爸在广场放电影哩。高大英俊的小伙子，活脱一个当年的海升。便随口说：你家这批发部还真不好找哩。

小伙粲然一笑：好找得很，你看，斜对面就是电影院。我心中一凛：电影院？原来梦中的海升朝斜对面望的是电影院！其实早该想到的呵。

县城之夜。消夏广场。

依然白银幕。依然黑压压攒动的人头。依然是海升在放着电影。他的衣服整洁而得体，下巴的胡茬刮得铁青。脸上的镇静掩不住内心的激动，一双手在微微颤抖。但他换卷的动作迅速利落，一点也不拖泥带水。

我和弄玉很熟络地聊了起来。而海升始终在忙着倒片子，连头都不抬一下，他对我这个特意赶来的少年伙伴竟熟视无睹。

弄玉说，他在半年前的一次车祸中彻底失忆。亲戚朋友都笑我傻，多次劝我离开这个男人。可我做不到。人活在世上，总有些难舍难丢的东西。就像他，如今啥都忘了，却仍记得放电影和一个叫春秀的女人。虽说在他眼里，我始终只是个影子，但没人比我更懂他，包括他自己。我花钱在这里搞"消夏之夜"电影展，就是想让他过足放电影的瘾。只有在放电影的时候，他才能找回他自己。就算把多年来的全部积蓄花光，我也乐意。

我的双眼模糊了，说不清是为海升还是为弄玉。这时候，倒完片子的海升回过头来，陌生的眼神瞅我一下，和善地咧嘴一乐，两颗虎牙依旧那么白。他说：春秀，放电影了，我又放电影了。

弄玉答：对，你又放电影了。

他说：春秀，靠放电影我也能养活你和孩子，你信不？

弄玉答：是的，我信。

我呆呆地凝望着身旁这个丰姿绰约的倩影，一时分不清她究竟是弄玉还是春秀。

割草的伙伴

每天下午放学后，朝阳就会来找我，然后我们背起箩筐一起下地割草去。

躲在路边树荫里凉快的柱子朝我们喊：喂，咱们玩斗草怎么样？

我俩谁也没搭理他，一头钻进稠密的玉米地里，忍着闷热和庄稼叶子划在胳膊上的刺痛开始割草。那时候，我们最大的快乐就是割草。背着一大筐草回家，一路收获无数的夸赞：看这俩孩子，多能干！千万别跟柱子学，那小子今天又该挨骂了。

跟我们同岁的柱子几乎天天挨他娘的骂。因为他每天割回家的草很少很少，刚能盖住箩筐底。而我们俩那一大筐草，足够牲口吃一整天的。

我和朝阳谈得来。我俩常常比赛着割草，看谁割得多，谁割的草牲口最爱吃。我们常常不相上下。可是渐渐地，我就没法跟朝阳比了。因为我娘死了。家里只剩下爱喝酒的爹。常常我割了一大筐草回家后，爹连晚饭也没有做。我只好裹着一身汗湿的衣裳，啃几口凉馍对付。而朝阳回家就换一套干净的衣服，手上不是拿着香香的包子，就是托着可口的菜煎饼。一种尖利的钝痛强烈地咬噬着我自尊的心，要强的我总是隐忍着。

直到有一次，我俩各自挑了一垄庄稼地开始割草，一边割一边拉呱。抢在前头的我蓦然发现，朝阳那一垄里有一棵硕大的麻蓇菜，差不多有课桌那般大。我顿觉愤愤不平了：朝阳的运气咋这么好？吃好的穿好的，连割草也是他那垄里的麻蓇菜长得大！趁朝阳不注意，我把自己的手伸到他那一边，悄悄地割下来，占为己有了。他却一点没发觉，我不禁偷偷乐了。

然而让我深感不平的事情还在后面。

后来的朝阳简直让我望尘莫及。他毕业后进了城，托亲戚找了个开车的工作，成了不折不扣的城里人。每次回来，就跟我讲城里的新鲜事，还说他原先被分配到一个偏僻的山沟，虽说工资多好几百，可那地方不好玩，最后还是想办法调到了闹市区。

我大惑不解了：好几百块呀，说不要就不要了？闹市区就那么好？

他不屑地说：你不懂，你又没进过城。一句话让我不吭声了。我的自尊心又一次受了重伤。就像当初他回家有好吃的、有干净衣服换，而我却啥也没有一样不是个滋味。

我也要进城去。这愿望如此强烈。

没多久，我果真进了城。走在繁华的闹市区，那种眼花缭乱的感觉让我久久难以平静。因为，我也开始在城市里讨生活了。我每天汗流浃背地工作，挣一份辛苦钱，还要忍受人家的白眼。我终于明白，原来我和朝阳根本就不在一条起跑线上。

后来，我们俩都结了婚，有了孩子。虽说同在一个城市，却极少碰面。偶尔的几次碰面，让我感觉我们之间已经有了那么大的差距。朝阳倨傲的话音里带着一副懒洋洋的腔调，谈他生活的惬意、工作的舒适，他刚买的单元房如何如何好。但他从未问过一句我过得好不好，我这个少年伙伴有难处没有，需不需要帮助。其实就算他问，倔强的我也不会在如此傲慢的人面前哭穷。

我暗地里憋着一股子劲。渐渐地，靠不服输的艰难打拼，我也拥有了一份收入颇丰的工作，境况慢慢好了起来。

谁知朝阳这时越发了不得。他跟人合伙承包了一家加油站，几年下来买了两套别墅和一辆高级轿车。有一次见到我，一番显摆之后他说，唉，我的钱也刚够花，所以有心帮你也暂时帮不上，呵呵。不过，我的车就是你的车，需要的时候吭一声，想啥时候开就啥时候开。

他妈的！这不是明摆着苛碜人么？他明知道刚脱离温饱线的我不会开车。别说开，那么高档的轿车，咱连摸都没摸过哩。一股悲凉的酸楚一下子冲到了嗓子眼儿，尴尬的我掩饰般地干笑了两声，又把它生生地吞进了肚子里。

终于，轮到我幸灾乐祸了。这天朝阳忽然打来电话，说他三岁的儿子遭歹徒劫持了，对方让他三天之内拿出三十万来赎人，拿得晚了或胆敢报案就当即撕票。朝阳慌乱的声音已变了调。我偷偷乐了：哼，你也有求人的时候！有难了想到我了，早干吗去了？但我仍然尽着一个好伙伴的职责，安慰他，并一口答应帮他四处寻找。

第二天，当我与朝阳再次碰面的时候，是在警察局里。他拳脚并用发疯似的朝我扑打着，又哭又骂：我打死你！我打死你！还我儿子的命来！而我的双手已被锁上了镣铐，低着头任凭他破口大骂。

我是主动自首的。我没想把朝阳的儿子弄死，只想敲诈一笔钱出出心底这口恶气。孰料一个不小心，他装进麻袋里的儿子竟被活活闷死了。那一刻我就知道，我完了。

伤心不已的朝阳一个劲地追问着：我哪点对不住你了，竟然下这么狠的手？我呆呆地坐在那里一言不发，想起当年割草时，曾悄悄地把本属于他的一棵硕大的麻葚菜据为己有的情景。我在心底说：你没有对不住我，是我把你儿子也当成一棵麻葚菜了。

我很快就要被处决，但是死不能弥补我内心的悔恨。做这件丧尽天良的缺德事，我已众叛亲离。出乎意料的是，在临死之前竟还有一个人会来探望我。是柱子！那个爱玩斗草的柱子！他特意从遥远的乡下来看我。对于我跟朝阳之间的恩怨，他只字不提，只絮叨着他在乡下割草的事。他说他喂着三头牛、五头猪，每天要钻进闷热的庄稼地里割很多草。他说他如今已爱上了割草。原来，能自由自在地在大田里割草，也是一种幸福哩。

这句话，让我的视线一下子模糊了。两个好伙伴每天结伴割草的情景，恍然如昨。

（刊发于《百花园》2009 年 4 期）

李子还乡

李子打算回乡了，那辆坐骑却成了他的一块心病。

李子就一捡破烂的，他的坐骑当然只能是一辆稀里哗啦响的自行车。这车真是破得不能再破了，前后轱辘上的瓦子没了；脚蹬子也坏了；车座子拿几层花花绿绿的塑料袋包着；链子盖早丢了，露着油腻腻的链条，谁骑保准蹭谁一裤腿油；一上路，还吱吱哇哇响着刺耳的多重奏，惟恐骑车的主儿半道上睡着了似的。就这么一辆破玩意儿，李子却骑了它十年！这车子，是他在城里窝囊活着的见证，多看它一眼都觉堵得慌。有心送给好兄弟刘三多，三多坚决不要；扔给卖菜的老乡孙捂嘴吧，他说家里实在没地方搁。一来二去的，惹得李子犯了倔脾气：嘿，这么好骑的一辆车，我还不信找不着主了。

一大早，李子就要出去，他说：三多，我出去一下，今儿不能帮你忙了。正在揉面的刘三多头也不抬：你去吧，反正迟早要剩下我一个人的。李子就愣在那儿，盯着刘三多的背影看。这几年他俩一直住在一起，已经搭了四五年的伙计了，每月的房租由李子出，一日三餐的烧饼刘三多管够。

昨天李子就要把车给他，说临走留个念想。他没想到刘三多坚决不要：李子哥，还记得你第一次来买我的烧饼不？你直嚷嚷个小，一块钱四个的烧饼你非要五个。哼！从那会儿起我就记住了你这个人，一辈子也忘不了啦。

李子嘿嘿地笑了：我这人不咋地吧？顿了顿，李子又说：三多，我每月只掏一百多块钱的房租，你的烧饼就管我个饱。我这大肚子汉，在外面买着吃，恐怕一月三百都不够哩。这几年跟我搭伙你算亏大发了！

刘三多说，亏啥，你还帮我干了不少活哩！再说咱吃的烧饼都是卖剩下的。

李子就想：三多这家伙真不赖。李子诚恳地说，三多，哥今天出去把车修得新崭崭的，你还是留下吧？也让我走得安心。

三多抹了下眼睛，说：你爱修修，反正我不要！稍停哽咽了一句：就是怕你把我忘了。说得李子也眼睛湿湿地出了门。

正在修车摊上忙碌的老王，只斜眼瞥了下车辘辘，就知道是谁来了。他不禁皱了下眉头。这些年，老王没少跟这辆"鬼见愁"的破车打交道，已经到了一见它就打憷的地步了。这车，扔大街上都不一定有人要，还修。李子早把老王的不屑看在了眼里，心底有些不快。你瞧不上它，俺今儿偏要夸成一朵花：咋的？你瞧它旧啊？出土文物旧不旧？值钱！它可是俺的摇钱树哩。每天骑着它城南城北这么一转，哪天不转来大几十块？

老王说，你就可劲吹吧，再怎么着也变不成奥迪、宝马！

李子一听更来了气，有心回敬两句，一转念，又压下了怒气。就要还乡了，何必针尖对麦芒的呢！这老王除了嘴巴损点，爱寻个花问个柳，别的也没啥不好。李子溜到嘴边的嘲讽又变成了体己话：哥呀，其实你每天不比我少挣，没攒住钱吧？钱都哪去了？这些年你可没少到寡妇"白斩鸡"那里去留宿，挣的钱，怕都流进她那个无底洞里了吧？那可真是个无底洞啊！往后多想想家里苦熬的老婆孩子吧！

一番话，似戳到了老王的痛处，他没言语，顾自埋头鼓捣车子。李子不怕揭他短儿，听不听得进随他便，以后想听还没机会了。

一个钟头不到，这辆车子就跟新的一样了。李子一遍遍地爱抚着新崭崭的车圈车胎，新崭崭的链条车座子，眼睛突然湿润了。车辘辘上安了新瓦子，下雨天骑车也不用担心有泥点子溅到人家裤腿上了吧？就因为这，乍来城里的李子曾挨了人家狠狠地一记耳光。当时被打懵了的他，在周围的嘲笑声里，噙着泪花灰溜溜地离开了。李子不由自主地摸了下脸，仿佛那里依然火辣辣地痛。窝囊啊！但他没法不窝囊。脑海里蓦地闪现出一辆三马车的影子。那是树根家的三马车。就是这辆车把个逞强好胜的小伙子给整窝囊了！十年前翻车坠入深沟的那一幕又叠映在李子眼前，自己的一条右腿从此也瘸了。怎奈树根还一次次上门催讨赔偿款，一副不依不饶的样子。被逼急了眼的他抄起把刀子，一抬手捅进了树根的肚子……这一刀，也捅开了他游荡在城市角落里捡破烂的避难生涯。这一避就是十年，十年哪！李子最宝贵的十年光阴是在垃圾堆里度过的！这就是命吗？李子闭着眼叹息了一声。

骑上新车，李子径直奔菜市场而来，他还想见见卖菜的老乡孙捂嘴。其实李子很早就认识他了。因为他说话时老爱拿一只手摸嘴巴，李子就给他起了这么个外号。也就从几天前那次深聊以后，两人才突然亲热了起来。原来孙捂嘴的老家孙家寨，离李子的老家小李庄仅二三十里路。这一下，让李子又惊又喜，关于树根的消息就是从他嘴里得知的。孙捂嘴感慨地说，如今咱乡下也都趁钱了。满村子的楼房瓦舍数不胜数，一家比一家阔气。从前的哥们儿有开加油站的、开摩托商行的，开家电超市的，都发了。要不是孩子在城里上学，我早回去了。

李子听得热血沸腾起来，忍不住就问，你知道小李庄的树根吗？

孙捂嘴说，咋不知道？人家可是闻名十里八乡的人物。这几年开大批发站，起码趁双十万哩。

这句话对李子来说，不啻是一声惊雷！原来树根没死，还发了财！自己却背井离乡了这么久！命运开的玩笑就像一记火辣辣的耳光，隔了十年时间抽过来依然如此响亮。李子想大哭一场。假如当年没有捅那一刀，自己的生活会怎样呢？

李子的世界豁然亮堂起来了。他的心早飞回了乡下的老家。可隐隐地又生出一丝丝留恋，毕竟这个城市里给过他很多，包括屈辱的眼泪和难舍的友情。李子就这么懵懵懂懂地走进了嘈杂纷乱的菜市场里。把车子支好，他想给孙捂嘴的孩子买些东西。只一转身工夫，那辆相依为命的自行车竟然不见了。丢了？李子两眼一阵晕眩。本打算把它留给三多的，尽管他不想要。心疼了一下之后，漫上来的是一股彻底解脱了的释然。这感觉让李子很爽，很舒服。

（刊发于《红豆》2009年12期）

想娘包子

一　宅女来袭

有句俗话：哄大妮儿，意思是说女子中的老大最是难缠、不易哄得转。开丧葬店的老刘虽然只有一个女儿，可那种高低伺候不来的滋味儿，算是品尝到了。

小慧的性格本来就内向，最近变得更加不爱说话，也不爱理人了。她的学习成绩一直不错，老刘原本是寄予厚望的，但自从年前经历了丧母之痛后，她说什么也不愿意上了，整天宅在家里上网玩游戏，有时连饭也不记得吃，实在饿急眼了，就去楼下小卖铺买两包方便面对付。大半年来，老刘可谓磨破了嘴皮子，把人生的轻重缓急掰开了、揉碎了、反复念叨给女儿听。小慧呢，该干啥还干啥，弄得老刘没脾气。唉，孩子没了妈，着实可怜呀！

老刘知道女儿最爱吃包子，尤其老婆包的包子，女儿总是吃不够。每天早上临出门前，老刘都要先买几块钱的包子热在锅里。老婆走了以后，老刘也想包上一顿包子或饺子改善一下伙食，借以拉近父女俩的感情，但他每天还要忙于经营店铺，哪抽得出时间呀？老刘开的是一家丧葬店，专营寿衣、花圈、骨灰盒、香烛纸箔之类的冥界用品，得从早到晚守着，别看有时很清闲，可说忙起来就忙得不分昼夜。所以每天一大早，老刘不得不撇下女儿赶来店里，他不仅要挣出父女俩的吃喝花销，还得精打细算地攒钱，老婆当初瞧病还欠着一屁股债，老刘肩上的担子不轻呢。

傍晚关了店门，老刘总是急匆匆地往家赶。说实话，自从老婆走了以后，那个家就冷清了许多，老刘其实很怕回家，但又不得不赶回去。女儿再倔强，终究是自己的亲骨肉，做父亲的能不惦记？回到家，看见包子已被女儿吃掉了，老刘就轻松地舒出一口气来，知道她今天没饿着。可女儿再这么"宅"下去，也不是办法啊！

二　父心良苦

这天老刘刚进家，小慧突然走到他跟前说，你去买这些东西。说着，将一张白纸塞进父亲手里。老刘呆呆地望着女儿，忽然有一种想哭的感觉，这是老婆去世半年多来，女儿跟自己说的第一句话。女儿终于愿意和他说话了！

白纸上写的，是面粉、蔬菜、配料及调味品之类的东西。老刘心头一热：看样子，女儿想自己动手包包子哩！以前老婆每次做好吃的，年幼的女儿总爱偎在妈妈身边捏面团玩；后来渐渐长大了，总抢着为妈妈打下手，娘儿俩有说有笑地忙碌着。老刘的眼睛顿时模糊起来：附近包子店里的包子，女儿渐渐吃腻了。说真的，外面买来的包子怎及得上老婆亲手包的包子有滋有味？那是一个母亲忖度着女儿的口味做的啊！老刘立刻按纸上写的，将东西买了回来。

当天傍晚回到家，老刘惊讶地发现女儿已包好了一锅包子，拿起一个尝尝，味道还不错，只是面皮没发好。老刘就热心地教女儿如何和面、揉面，如何醒面、如何用碱的一些常识，并亲自示范给她看。女儿虽然仍不说话，但她听得很用心。父女俩已好久没有如此的默契过了，老刘暗自感慨不已。

很快，老刘就发现自己犯了个严重的错误。第二天回到家，女儿已经包好了两三锅包子，不光面皮发得又白又暄，掀开锅盖老远就能闻到一股扑鼻的馅香。可老刘却没心思称赞了，还有些犯愁。因为女儿似乎包上了瘾，一锅接一锅地只管包，家里的包子已堆成小山了。有心阻

止吧，女儿刚找到一件喜欢干的事情，倘若横加干涉只怕又会陷入从前的状态，可眼前堆这么多包子，该咋办呢？

三 搞怪混搭

老刘脑海中冒出来的第一个念头，当然是拿去卖掉。但他开的是丧葬店，假如突然卖开了包子，会不会让人觉得很离谱？包子哪里不好卖，偏要摆在丧葬店门口，不嫌晦气呀，有人买才怪！

可有啥办法呢？丧葬店得开，包子也不能不卖。这天一大早，老刘真的在店门口摆了一张小方桌，方桌上放了一口钢精锅，旁边还写了个牌子：卖包子。老刘横下了心，无论遭受怎样的嘲笑，只要能帮到女儿，他都必须冒一回险，谁让自己是个父亲呢！老刘羞臊得脸红红的，硬着头皮吆喝：刚出锅的包子！绝对干净卫生，还便宜啊——

要说呢，多亏他这个店的地理位置不错，守着两三个生活小区，又恰逢这一带正在搞装修，每天都有好多民工路过，他们可不讲究什么，只要好吃实惠就得，看这儿的包子卖得便宜，下了班一窝蜂抢着来买，几锅包子不到晌午就一个不剩地卖光了。老刘回到家，兴奋地对女儿说，好闺女，你做的包子好卖极了，顾客都说好吃哩。他看到女儿的双眼霎时闪烁出异样的亮光，脸上的神情也开朗了许多。老刘赶紧趁热打铁：要不，明天你再多包几锅？其实他心底的潜台词是：只要你每天有事情做，不胡思乱想就好。

老刘的"丧葬店包子"很快便在附近闯出了名堂，由于女儿一个人实在做不出来太多，包子总是供不应求，想买包子还得早早地排队等候。老刘灵机一动，想出了个打响招牌的绝佳创意，他智慧地在本市报纸上打出了一条广告：你敢到丧葬店买包子吃吗？这样一来，一下子吊起了全市居民的好奇心，人们抱着猎奇的心理，纷纷前来买上几个尝鲜。老刘的包子一下子火了！他高兴地悄声嘀咕着：女儿，这下你想不走出来都难啦！

四 想娘包子

在老刘的再三鼓动下，小慧果然答应来店里帮忙卖包子了！父女俩并排伫立在店门口，常常是一笼包子很快卖光了，还有陆续找过来要买的。老刘见女儿笑得一脸的灿烂，与老主顾们有说有笑地应酬着，很得体很热情，他突然发现女儿其实很爱说话。好久没见她如此开心地笑了，女儿的笑容真漂亮！

老刘试探地问，小慧，难得你这么喜欢，我把附近要出租的那间店盘下来，让你当老板专门卖包子，好不好？

女儿惊喜地说，真的呀，爸？那可太好了！接下来，小慧跟爸爸谈起今后该如何扩大规模、雇佣人手之类的话题，竟然很有想法，老刘对自己的女儿不禁刮目相看了。

可是，我嫌"丧葬店包子"这个招牌不好听，打算换个名字哩。老刘说，随你，你自己起个更好的名字吧。女儿胸有成竹地说，早起好了，我想我娘，就把咱包子店的招牌改成"想娘包子"，好不好？

想娘包子？老刘一怔，忙称赞女儿的巧思：这名字好，试问天下哪个孩子不想娘呢？难为你咋想出来的？

小慧哽咽着说，其实这么多天，我闷在家里一直想娘来着，想她对我的疼爱，想她给我包的那些好吃的包子，总觉得娘没有走，仍陪在我身边哩。可时间长了，我发现这感觉越来越淡，越来越淡，就想如果能让有娘的感觉永远留下来，该多好！这种好吃的包子里有娘的味道，它在娘就在……爸，现在我终于想通了，娘不在了，我还有你；你若不在了，我就真的什么都没有了……

你放心，我会永远都在！老刘激动得一把将女儿搂进怀里，泪水，却止不住地淌落下来。

（刊发于《今古传奇故事版》2012 年 4 月）

恩师退休

从教三十多年、屡受嘉奖的陈老师要退休了，消息刚刚传出，不少私立学校和社会培训机构纷纷闻风而动，向他抛出了橄榄枝。有的聘请单位负责人甚至扬言："陈老师，我们给你月薪一万，只要你人在，哪怕每天去点个卯就走也行。"据说陈老师听后只是笑了笑，未置可否。很多人都在揣测：陈老师不愧是香饽饽，凭着他享誉教育界的名声和威望，往那儿一站，就是响当当的金字招牌！区区月薪一万，怎会入人家的眼？如今都在追求经济利益最大化，掂谁不得扳扳身价呀！

他，作为陈老师当年的学生，拥有一家初具规模的武术院校，每年收入不菲，也算是个成功人士。没人知道，他对陈老师始终抱有一份特殊的感情。二十年前，十五岁的他，对武术有着与生俱来的痴迷，他的这份天赋被陈老师发现后，便四处帮他找寻名师。可是，当老师好不容易找到了名师，他却因家境窘困交不起学费而犯愁，只能望师兴叹。

陈老师在名师面前不住地说好话，名师两手一摊让了步："全费拿不起，半费也算一回。"陈老师沉默了一阵，突然仰脸哀求道："这样吧，我抽空在你这儿抹桌子扫地干杂活儿，顶他学费中不？"

磨得那名师苦笑着慨叹一声："咳！这徒弟我收了，破例免费。"他这才终于如愿投身名师习武。几年后，他开始在省级、国家级的武术比赛中崭露头角，多次夺魁获奖。每次捧回沉甸甸的奖牌，他总向陈老师深鞠一躬，因为每一块奖牌里都有恩师的功劳……

多年后的今天，那股感恩的溪流依然在他胸腔里激荡着。其实，他更希望聘请恩师来自己的武校当辅导员，哪怕恩师要多高的价码，他也决不皱一下眉头。他甚至做好了准备要趁众人纷纷知难而退之际，抛出一记最给力的"红绣球"。如果能将昔日恩师拉拢到身边，师生二人每天促膝谈心，共襄一番壮举，该是多么开心的事！

走进老师家的客厅，看见几个人仍不甘心地在软磨硬泡。他在角落里刚刚站定，就被恩师锐利的眼睛发现了，亲切地和他打着招呼。他也不见外，赶紧开门见山说明来意，陈老师抬眼定睛凝望着他，轻轻"哦"了一声。

他一听有戏，忙说："当然，薪酬好商量，老师您随便开口……"

"嚯，财大气粗了啊。"陈老师不动声色地笑着问，"刚才有人给我出多少来着？"

"月薪一万六。"有人回答。

"我出月薪两万，不行的话还可以再加，年底分红另算，"他一副志在必得的派头说，"只要恩师您答应。嘿嘿嘿，怎么样？"

却见陈老师一缕犀利的目光射过来，在他脸上扫来扫去的，半天，才意味深长地说了句："两万？两万没有十万多啊……"

在场的人全都惊愕得张大了嘴巴。他结结巴巴地问："怎么？您……要价十万？"

陈老师微微一笑："呵呵，十万……我们全市区的未成年人，恐怕十多万还不止吧？如今退下来了，有大把时间可以自由支配，正好为这些孩子们多做一些事情！虽然从教学一线退下来了，但在未成年人教育领域我永远不会退休，相反，我还要在短暂的余生岁月大踏步前进，施展拳脚搞出一番大动作，所谓老有所为嘛！"陈老师侃侃而谈，两眼闪烁着激情的火花，一霎时仿佛年轻了许多。

原来，陈老师一直在为全市区十多万未成年人的未来着想啊。一时间，在场的人眼神都很复杂。他也羞愧得垂下了头，再也不敢直视老师的眼睛。

（刊发于《新课程报·语文导刊》2012年暑假版）

 # 为父爱雕刻

　　噩梦，一个接一个地纷至沓来。每个梦里都有无数的指责、白眼和纷纷扬扬的唾沫星子，他们父子二人犹如两具被剥光了衣服的玩偶，被牢牢钉在闹市街头的耻辱柱上，供人围观……

　　醒来，心情是无比的懊丧与失落。他百无聊赖地翻找出那截桂圆木，在手中把玩着。这是他花了 10 元钱从木料师傅那里买下的。在他眼里，它已不是一截毫无生命的木头，而是一尊叫做父爱的雕像。脑海里浮现出父亲蹲在门槛上默默抽烟的背影，为了筹够他每年上万元的学费，父亲竟然去一家玻璃厂背化工原料，脊梁上全是被化学品灼伤的水疱……那一刻，让他的心疼了好久。他早就打算把心底那份对父亲的爱，一刀一刀、一锯一锯地融进这截木头。可是，与噩梦伴随而来的那种怅然悲凉的情绪总是纠缠不去，让他久久无法下刀。他开始后悔把父亲带到省城来了。

　　为了让父亲不那么辛苦，也想让父亲在城里找一份比较轻省的活干。他们父子在省美院附近租了一间简易民房。

　　从安顿下来那天起，父亲就一刻也没有闲过，摆过小摊、看过大门、捡过废品、干过临时工，只要能挣到钱什么都干。但没想到，父亲竟偷偷地当了人体模特，还是裸体的那种。其实在美术院校里，他们同学之间也互相当人体模特，只为了省钱。而学校从外面找模特是要花钱的，着衣模特费用较低，只有五元钱，裸体模特课时费能挣 13 到 15 元，一个月下来，也有七八百元的收入。

　　说心里话，他不想让父亲干这个，他担心有一天，他们父子将活在

别人嘲讽的眼神与纷乱的非议之中。可又觉得父亲这样能挣个轻省钱，也是一项不错的收入。自始至终，父亲从未向他谈及此事，他也不好意思主动过问，父子二人心照不宣。尽管他所担心的事情从未发生，但自卑犹如大田里的稗草在心头疯长，让他脆弱的神经异常敏感。

终于要面对一个尴尬的局面了。那个弥漫着霏霏细雨的下午，他突然接到一位著名画家的电话，问他愿不愿意协助完成一幅油画。受宠若惊的他，想都没想就答应下来。当他揣着一份忐忑的心情找到那栋别墅，上到三楼，猛然发现父亲也在那里，正要敲门——他们父子竟然在当模特的时候碰了面。他就猜到，这一定是画家的刻意安排。他紧挨着父亲站定，闻见父亲身上散发出一股淡淡的硫磺香皂的味道，父亲来之前一定刚洗了澡。

一阵寒暄和交流之后，他们很快就明白了画家的创作意图。他不需要脱衣，但父亲必须裸体。他连忙把画室里那台唯一的电热器放到父亲身侧，然后静静地站在父亲旁边。父亲好像完全没把现场的几个人放在眼里，他微笑着脱掉粗布外套，再一把翻起其余的毛线衣和内衣，头一缩就全脱了下来。然后是内外裤，那个熟练劲，快得不超过 5 秒钟。他看着身旁一丝不挂的父亲，眼睛一红，迅速地将头仰向天花板，生怕眼泪掉下来。画家大概被他们父子的举动感染了，他迅速拿起画笔唰唰地画了起来。一笔一画，现实中的父子就这样走进了画布。

天近黄昏的时候，油画完成了。父亲没有收画家递过来的 13 元钱，父亲在恳求画家帮儿子联系进雕塑村的事情。画家郑重地握了下父亲的手，又亲切地拍了拍他的肩膀。那一刻，他的胸腔里翻涌着一股激动的热流。他突然间读懂了父亲！父亲正以一个农民特有的质朴与诚恳为自己赢取发展的机会，即便在做裸体模特的时候！父亲的恳求带着一种赤裸裸的善良与真诚，相信世间没有人会拒绝一位父亲的舐犊之情吧。

他的目光不由自主地移向了画布。画布上的父亲，正一丝不挂地坐在那里，脸上的表情平静祥和，透出一种淡定、从容的神态，仿佛苦难艰涩的生活丝毫未能磨灭一个男人的镇静与自信，甚至还洋溢着一丝不易察觉的微笑。父亲的目光静静地望向远处，眼神是那么明澈、诚挚，充满热切的渴望神采，如一抹温暖的阳光霎时照亮了他的心头。

他原以为，生活窘迫到这种地步，难免不让人妄自菲薄，万念俱灰，就像他一直以来的心情。但是父亲，画中的父亲让他豁然顿悟：一个人，即便贫困到衣不蔽体，也丝毫不用担心被人瞧不起，只要你还拥有一双坦然的眼睛和一颗诚恳的心！

他用力地抹了下濡湿的双眼，泪水已经冲刷掉所有的自卑与沮丧。回到住所，他迫不及待地抓起那截桂圆木，手中的刻刀开始飞快地旋转。他终于明白，父爱，该是怎样一尊雕刻。

这份赤裸裸的恩泽，将让他受益终生。

（刊发于《思维于智慧》下 2011 年 12 月）

亲恩不可欺

手机响了，惊得打工的老刘浑身一哆嗦。他一看是儿子打来的，想接却又怕接这个电话。想接是因为实在惦念儿子，怕接是担心儿子又一次张口要生活费。自己咋变成惊弓之鸟了呢？六年前曾经荣耀的一幕，似乎仍在脑海里盘旋——

那是收割油菜的季节，儿子从上海回到老家，带来一个天大的喜讯：他考上了瑞士国立大学，要出国留学，留学的学费由国家出，但生活费得自己筹备。当时整个山村都轰动了，不少乡亲乐呵呵地来家里道贺。那时他们父子俩是何等的光彩体面呵。

仅靠务农，显然已无法供养一个留学生。50岁的老刘和村里的小伙子一起，背井离乡前往广州打工。家里的五亩耕地，全撂在老伴一个人肩上，她一度累倒在田里。村里人都说，这老两口为了儿子不要命了。乡亲们看老两口苦成这样，纷纷伸出援手，借钱给他们供儿子读书。这一年有十几户村民共借了两万多元给他，老刘都一一记在了账本上。他很清楚，农村人都不容易，他们借钱给你，那是信任你、看得起你！等儿子出息了，一定要他亲自登门把所有的欠债都还上。

隔年年底，老刘接到儿子的电话，说他已经从瑞士回国，分别去了北京、上海等大城市，目前正在一家大企业里实习。老刘刚要庆幸自己苦日子总算熬到头了，没承想儿子却说他仍要继续出国深造，因为他又考上了美国一所大学。

说实话，老刘是反对儿子再度留学的，因为家里实在没钱了。然而，儿子后来又接连打回好几次电话，说大学已经考上了，如果不读太可惜。

最终，老刘不得不再次选择支持儿子。

但这一次，儿子的开销比上次明显增多，老两口为了给儿子筹钱，不得不厚着老脸四处求人，找亲戚借、到邻村借、写保证书并允诺到时连本带息一起还，还给人家下了跪。老刘除了白天打工外，晚上开始拾荒，每月领了工钱都分文不剩地给儿子汇过去，有时候凑到一两百元，也寄给他。

此时，老刘已累计欠下了二三十万元的债务，债主们开始陆陆续续上门追债，并善意地提醒他，你儿子到底是不是出国了哟，咋挣不回钱，人也看不到？你不要被你儿子给骗了！面对村民的质疑，老刘不知该如何回答，却执拗地坚信从小就很听话、懂事的儿子决不会骗自己，我们受的苦他心里有数，等回国后一定会让我们享福。

但儿子的电话，老刘却是越来越怕接了，甚至每听到手机响，就没来由地恐惧。他暗自祷告着，但愿这次儿子只是随意的问候。可越怕什么就越有什么，老刘刚按下接听键，耳边就传来了儿子哭诉的求救电话："爸，我在国外遇到了很大的困难，在生病，快挺不住了，你赶快筹集两三万元救命！"只觉脑子里"嗡"的一声，老刘顿时跌入了绝望的冰窖！村里已经没人愿意再借钱给他了，家里除了三间破旧的木屋和残缺的桌椅外，也已经没有其他值钱的东西了。大年初三，老两口就心急火燎地跑去重庆市打工。但要在短时间内筹到二三万元，依然是不可能的事情。在电话中得知儿子病得越来越重，无奈的老刘急中生智，想到了向当地的一家报纸求助。

当该报记者听取了整个事件的来龙去脉后，对他儿子留学一事产生了本能的怀疑。记者陪同老刘一起前往重庆市出入境管理部门，在输入了他儿子的姓名和身份证号码后，护照管理科的工作人员明确表示：你儿子根本没有办理过护照，肯定没有出国，至少不可能通过正常途径出国。老刘闻讯犹如五雷轰顶，气得一双手止不住地发抖，他想不明白，亲生儿子为啥要欺骗自己爹娘呢？亲恩不可欺啊！

此事经媒体披露后，网友们出于义愤，号召将这个铁石心肠的不孝子"人肉"（指网络搜索）出来。后经多方查证得知，这个编织留学谎言欺骗父母整整六年的儿子，如今暂住在上海某区一民宅内，且已结婚生女。

当记者把这些情况告知老刘，出乎意料的是，老刘竟转而苦苦哀求媒体不要再追究了："儿子肯定有他的苦衷，不晓得我的小孙女长得可不可爱？我再不会给儿子一分钱了，我55岁了都可以靠力气找份工作，娃儿今年29岁为啥就养活不了自己？"

他认为，儿子撒了弥天大谎，他这个做父亲的也有责任。他打算和老伴一起好好赚钱，再苦再难也要把欠乡亲们的债还上。他要以身作则供儿子效仿：做人要堂堂正正，要懂得感恩，更要回报他人赋予的丝丝缕缕的恩情！

谁是罪魁祸首？

吕保军

张老板这几年生意蒸蒸日上，赚了不少钱。但他并非忘本之人，不仅对孩子极其疼爱，对老父亲也十分孝顺。他父亲退休以后，承包了一座荒山，投入了全部积蓄搞绿化种植，眼看着树苗一天天壮大起来了，最近却不知什么原因，整座山林的树木都呈现树冠枯死的迹象。怎不让人忧心如焚呢！这不，张老板得知消息，一边为父亲想办法，一边将他接到城里来散心。

父子俩正闲聊着，忽然岳父打来电话说他们那里也遭了灾。岳父家是当地的草莓种植大户，经营、管理着几十亩草莓园，每年都收获颇丰。可最近不知怎么，草莓秧子开始腐烂，喷农药也无济于事，昔日茂盛的草莓园竟成了一片荒地！妻弟只好远走他乡去打工。听得张老板连连叹气。

放下电话，张老板才发现天色暗了下来，不一会儿，大雨竟瓢泼而下。张老板连忙开着他的奔驰，到学校门口去接儿子。到了那里，发现不慎淋了雨的儿子，直嚷眼睛疼。张老板二话不说，直接带了孩子赶去医院做检查，孩子的眼睛问题可不是小事情，一定得查明原因不可！

当眼科大夫为儿子做了一番检查后，并未发现什么特殊情况；并说最近每到下雨天，嚷嚷眼睛疼的孩子特别多，来求诊的更是应接不暇，却又查不出什么毛病。只好为孩子消毒清洗，然后开点眼药膏之类的药物，叮嘱他们回去按时涂抹。

出了医院，雨小了些。张老板猛然发现自己的宝贝座骑，在车门框处和顶部边缘有生锈的痕迹！这让张老板的心情又添了些许郁闷。在回家的路上，他无意中发现，许多崭新的车辆都出现了锈痕！这是怎么一回事呢？

刚进家门，就见环保局的人在等他，正跟老父亲聊着什么。看张老板带着孩子归来，先关心地问了孩子的病情，又说，医院自从给许多小孩治疗眼病以后，为了查清原因，在下雨时特意采集了一瓶又一瓶雨水进行化验。化验结果是雨水的酸度已超过了标准，形成了酸雨。酸雨的腐蚀性很强，对植物、金属、建筑物的腐蚀，大大超过了普通的雨水，是人类的公害。所以下雨时要注意，千万不能淋到雨！

张老板一听，大声叫嚷起来，怪不得我孩子得眼病、我父亲的山林遭殃、我岳父的草莓园歉收，就连我的奔驰车也被腐蚀了，原来全是这该死的酸雨啊！只听老父亲伤心地哽咽道，同……志，你们……不知道哇，几十亩林木眼看就要成材了，却遭到如此劫难，那可是俺们全家人的血汗啊……环保局的同志安慰他说，大爷，您先甭伤心，事情原因已经调查清楚了，罪魁祸首我们也找到了。张老板忙愤愤不平地问，罪魁祸首是谁？得让他赔偿俺们的全部经济损失！

环保局的同志再也忍不住了，说，张先生，您知道这酸雨是怎么形成的吗？经我们环保局和科学检测部门的调查研究，结果表明：因为本地近几年开发铁矿成疯，建造起大批的炼铁厂。炼铁厂的高炉，烧煤和石油，产生大量二氧化硫等扩散到空气中。下雨时，雨水和二氧化硫结合，形成硫酸滴，从空中降落到地面，就形成了酸雨……

张老板闻听此言，不禁傻了眼。他的主要生意就是经营铁矿，有数家小铁矿就是他开的。

妻子明白了事情缘由，低声饮泣：可怜俺兄弟那几十亩草莓园，真是报应啊！

老父亲也听明白了，气得捶胸顿足，一根手指头点着儿子嚷：原来你……就是罪魁祸首！混账东西，一心掉进钱眼里，不以环保大局为重，到头来自食恶果啊！

　　张老板浑身瘫软了般，一屁股蹲在地上……

（刊发于《少儿科技》2011 年 7 期）

大山里的喊吧

接到入伍通知那天，他激动得一夜没合眼。从小就向往大海的他，脑海里全是无边无际的蔚蓝。似乎以后，就可以每天徜徉在风平浪静的海边，看潮起潮落了吧？也许兴之所至，还能和战友们跳进雪白的浪花里畅游一番呢。

但是，他被分到了一座海岛上当坑道维护兵，四面环山，交通不便。都说当兵在海岛苦，在海岛深山里就更苦。在这里，他几乎看不到大海。只有在天气好的时候，站在坑道口前面的空旷地上，才可以隐隐约约地看到远方海天相接的地方，有一片蔚蓝。即便这样的机会也不多，一年里只有那么屈指可数的几次。

山路弯弯，雨雪泥泞。他和几名战友迎着风雨驻守在海岛深山，那份艰苦、那份寂寞，可想而知。每天，他都盼望明天是个好天气，就能伫立在坑道口，眺望那片遥远的、令他无限神往的蔚蓝了。现实跟当初的幻想差距太大了，他内心里不免怅然。

有一个人，将他的失落看在了眼里。这个人就是班长。班长说，你喜欢大海，对吧？走，我带你去一个地方。班长二话不说，领他来到一处山脚下。咱们比赛登山，看谁先爬到山顶好不好？他狐疑地看着班长，不明白他葫芦里卖的是什么药。班长神秘地一乐，无限风光在险峰，来吧！说着，率先朝山顶爬去。不甘示弱的他，跟在班长屁股后头朝上攀爬，他们很快就爬到了山顶。

班长矗立在那儿，朝连绵起伏的山峰放眼远眺着。他也学着班长的样儿朝远方眺望。班长问，看见了么？他说，看见了。班长又问，看见什么了？他说，山，连绵不断的山。班长再问，还有呢？他说，还有云雾，白茫茫的。班长还问，还有呢？他疑惑地摇着头。只见班长大手一挥说，还有大海，蔚蓝色的大海！波光如镜的海平面上，鸥鸟在展翅翱翔，轮船在进出海港……

他努力瞪大眼睛望去，却没有看到班长描绘的画面。莫非，班长的眼睛出现了幻觉？班长肯定地说，你不信？咱们当的就是海上的兵，怎能看不见大海呢？想看见么？我教你个办法。只见班长双手拢在嘴边，朝着连绵起伏的大山，放开喉咙大声呼唤起来：哟嗬——，哟——嗬嗬——

余音甫歇，班长兴奋地说，真痛快！你也试试。他起初有些放不开，因为他从未这么放开喉咙呼喊过。班长启发他说，你不是想家么？许是想念初恋情人了吧？把心思喊出来就轻松多了。

他的脸倏地红了：班长，人家还没谈过恋爱哩。

班长坏坏地笑了：嗯，那一定是想念爸爸妈妈了。喊吧，大声地喊出来！尽管他们听不见，或许能在心灵深处感应到哩。

班长最后这句话，打动了他。他学着班长的样子，把双手放在嘴巴上作喇叭状，大声喊着：妈——妈——你——好——吗——我——爱——你——

大山回音：我——爱——你——爱——你——喊得他从头到脚泛起一阵惬意。几声喊叫过后，顿觉有回肠荡气、畅快淋漓之感，似乎积郁心头的孤独统统被抛到了九霄云外了，所有的失落也一扫而光。

班长动情地说，其实每个战士刚来到这里，都曾有过焦虑，有过彷徨，可一旦学会了在苦涩中寻找甘甜，懂得了在寂寞中体味快乐，就会深深地爱上这里……就能看到心爱的大海了。起初，我也和你一样，不过现在，我全都看见了。我不仅看见了大海，还看见了我老家的村庄呢。村头那棵大榆树依旧苍劲挺拔，再朝里望去，就是我家新盖的大瓦房，我妈正站在门口喂鸡崽哩……

听得他心头一热。其实他早听说了，班长虽身在深山，但他求知的欲望却很强烈，每天都在抓紧学习，准备考研究生呢。去年他考上了一所陆军学院，没有走；今年又拿到了某建筑学院的录取通知，却仍然留了下来，准备帮两名新战士拿到计算机三级等级证书。这让他由衷地钦佩。

此后，他就喜欢上了这种独特的解闷方式，一旦孤独了，想家了，就爬到山顶，扯开嗓子猛喊几声，那种青春粗犷的、男子汉的啸叫声便在山涧云雾中缭绕回荡，久久不散。都市有都市的好，大山也有大山的乐，比如这纯天然的"喊吧"，喊得他的心胸像大海一样宽广，喊得他的信念像大山一样挺拔！真的，站在高高的山巅，面对茫茫云海，他仿佛看到了一片蔚蓝色的大海，海面上波光如镜，鸥鸟飞翔，海港里无数船只进进出出，一片繁忙景象。是啊，身为一名海上的兵，怎能看不到大海呢？雪白的浪花每时每刻都在心头跳荡的啊！

这时候，莽莽苍苍的群峰中间，一轮火红的朝阳冲破云雾喷薄而出，冉冉升起。太美了！他只觉满腔的热血也随着渐升渐高的太阳一起沸腾，深深体会到了什么叫江山如画。一阵青春的呐喊又一次从炽热的胸膛里爆发出来：妈妈——我——爱——你——

妈妈——我们——爱——你——是大山的回音么？不，这喊声是从身后发出的！他猛回头，发现不知何时，自己的战友们也来喊山。他们调皮地学着他的样子，将双手握成喇叭状放在嘴边喊着。

嘻嘻、哈哈、嘿嘿、呵呵……大山里，顿时回荡起青春的欢笑声。

（刊发于《青春》2010 年 12 期）

小店罩着"保护伞"

临近春节，火车站广场上人满为患。排队买票的大刘挤出人群，想抽支烟放松一下心情。一摸兜，发现烟已抽完，就有心到附近去买一包。但是，当他的目光掠过旁边的小卖店时，心头不禁咯噔一下，顿时望而却步了。因为细心的他突然发现，这几家小卖店的门脸上方，不约而同地都悬挂着一把打开的伞！嗯?! 隆冬时节又非雨季，出现这样的巧合着实令人匪夷所思呀！

一段不愉快的记忆瞬间浮上大刘的脑海。

那是很多年以前的事了。初次进城的大刘肚子饿得咕咕叫，就拐进火车站附近的一家餐馆要了一碗拉面。讲好一碗拉面 4 元钱，可等到大刘吃完面付钱时，却变成了 20 元。老板狡辩称，4 元是一碗素面的价钱，你的面里加了两块排骨呢，一块排骨 8 元，加起来正好是 20 元。刚才吃面时，大刘是发现碗里多了两块骨头，他这才意识到自己被宰了。没容大刘分辨，老板又蛮横地警告说，没有后台撑腰，敢在火车站附近开店?咱头上罩着保护伞哩，你可惹不起，乖乖掏钱吧。

自此以后，大刘从未在车站附近买过任何东西，他深知车站上那些个做买卖的，对旅客是能宰则、宰毫不手软，且从不怕惹事生非，因为上头都有保护伞罩着哩！难不成，这就是所谓的"保护伞"，店主们以这样的方式宣告自己有强硬的后台撑腰？

大刘朝最近的那家小卖店望去，只见那个女店主约莫 40 岁上下，衣着得体、满脸带笑，一副干脆利落的模样，一点不像歹人。可一朝被蛇咬的大刘，却有点犹豫了。恰在此时，不远处有个抱孩子的外地妇女被几个骗子盯上了，非要拉她去住店。妇女预感到这些人别有用心，怎奈就是甩不掉，一边无奈地应付着骗子的纠缠，一边焦急地东张西望着寻找救援。大刘也瞧出了些许端倪，他的一双眼睛都看直了，有心上前帮那妇女一把，又担心惹祸上身。正无计可施之际，忽听女店主咋呼了一嗓子："喂，那个穿黑羽绒袄的——"

大刘穿的正是一件黑色羽绒服！他以为女店主喊的是自己，刚回转身，一眼瞅见身后立着一位年轻小伙子，也穿着一件黑羽绒服。大刘搞不清楚女店主究竟喊的是谁，他伸长了脖子大声问道："你是在喊我吗？"

女店主款款一笑："你也行啊。大兄弟请搭把手，帮我把门脸上的那把伞取下来好吗？"

大刘一门心思牵挂着外地妇女的安危，有心不帮她这个忙，却难拒女店主那一脸盈盈的笑意，只好大步流星奔过去，将那把伞取下来递给她。在递伞的当儿，忽听女店主压低嗓音说："好险！你的裤子被人家割破了！"

大刘惊得一摸裤兜，钱包还在，但裤兜上已被划了个小口子。他这才恍然醒悟，刚才立在自己身后的小伙子是个窃贼，此时早已悄然溜掉了。

大刘不禁对这位女店主心生许多好感，他一句感谢的话还未出口，忽听一阵警笛声响，广场上多了一辆警车在四下里兜着圈子。那几个骗子一看势头不妙，赶紧撇下外地妇女从广场上消失了。大刘暗想：这警车来得可真及时，看来胸怀正义感的大有人在啊。

大刘紧绷的情绪骤然放松下来，掏钱买了一包烟，女店主要价并不离谱。付完钱，大刘跟女店主逗趣说："老板娘生意不错啊。能在火车站附近开店，后台一定很硬吧？上头有没有'保护伞'给罩着？"

妇女闻听一愣，随即笑着接话茬说："你说的是。上头没有保护伞，怎敢在这地方开店呢？喏，还请你把它再挂回原处吧。"

大刘纳闷：这把伞刚刚取下来，并没见她用，咋又要挂起来呢？

女老板看出了大刘心中的疑虑，趁小店中无人，悄悄道出了个中隐秘："这就是我这个店子的保护伞，它的作用可大呢。"

原来，春运期间火车站上人员复杂，她在店里卖东西时，总会发现店前有一些人在坑蒙拐骗偷，她一个女人家，当面制止肯定要吃亏。于是她就和另一家店的店主商量好，只要她们店门上方的"保护伞"一直挂着，就说明平安无事；如果保护伞被取下来了，就说明有情况，得赶快报警……刚才她拜托大刘取下雨伞，不远处的另一店主看到，立刻报了警，所以警车才来得如此之快！

　　原来是这样！大刘听得浑身暖融融的，心里踏实多了。

九十九只彩线娃娃

　　工友们下班后，不是找人打牌就是出去闲逛，惟有他总是安安静静地坐下来，鼓捣那些毛线。为此，他挨了不少的冷嘲热讽，甚至有人说他不像个纯爷们儿。他不客气地回敬几句，却没有停下手里的编织。

　　没人知道，他编的是一种叫"彩线娃娃"的小玩意儿。强忍着众人的嘲笑编它们，只为了女人曾说过的那句话。那是刚过完年，他要到城里去打工了。临出门时，她明明有些难分难舍，却故作满不在乎地说："你安心地去吧，想你了我就编个彩线娃娃。等你回来的时候，咱就有一大堆娃娃了。"

　　他打趣说："一大堆娃娃也比不上一个会喊爸叫妈的娃娃。"一句话，说得她的脸颊飞起一团红霞。

　　"如果想你了，我就编一个彩线娃娃。闲暇之余，"他和工友去附近的集贸市场闲逛时，看到卖毛线的，突然想起了女人说过的这句话。为了打发无聊的时间，更为了给心中的思念一个出口，他也买了些毛线，在宿舍里悄悄地编了起来。

　　几缕花花绿绿的五彩毛线，那么轻轻巧巧地三缠两绕，就是一个漂亮的彩线娃娃！调皮的眉眼，黑黑的发辫，头上戴顶玲珑帽，身穿彩色小马甲。多么有趣，多么逗人！它有着和她一样黑亮的眼睛，一样挺直的鼻子，一样性感的嘴巴。真是像啊！他忍不住使劲亲了它一口。有个工友无意中发现了他的秘密，兴奋得大声叫嚷了起来。都是二十来岁的年轻人，大伙一齐笑话他，说他想老婆想疯了。

　　他们怎知道，他从小父母双亡，是大伯收养了他，他像一个野地里疯长的孩子，渐渐长大成人后，是如此渴望着一份爱情。可他家里太穷了，以致好多媒人都不愿意登门。是她，不嫌他穷困，义无返顾地爱上了他，给了他一个温暖的家。她就是他生命中的全部！

如今，他离开她出来打工这么久了，怎能不牵肠挂肚呢？他的心思早已飞回到她的身边。她此时在做什么？家里就剩她独守空荡荡的房间，一个人落寞地吃饭，这么想想，心就会隐隐作痛。她是否已从镇上那家毛线店里挑选了各色毛线，开始编织彩线娃娃了呢？

当纸箱里放进去第 99 只彩线娃娃的时候，节令已入深冬。他心底有了一种迫不及待的渴望：厂里就要放假了，终于盼到快要回家和她团聚了！他幻想着当她看到自己带回家的这一堆彩线娃娃，一定会被惊呆的！它们代表着他对她的一片相思呀！一个大男人，闷在宿舍想老婆是个什么滋味，全融进这些彩线娃娃里了。

可是一进腊月，厂里突然宣布，工人们过年谁也甭回去了，厂里新来了一批大活儿，够忙活个俩仨月的。经理有规定，谁回去，一年的全勤奖就泡汤了！

听到这个消息，工友们全炸了锅，辛苦一年了，谁不想和家人团聚过个团圆年呢！他猛听到这个消息，也傻了眼，恨不得什么都不管，马上飞回到老婆身边去。可是，一年的全勤奖，两千多块呢！够她一年的零花钱了。记得她说过，老公，咱得多攒些钱，把房子修一修。两千多块可不是笔小数目。

思谋良久，他跑到厂门口的电话亭给她打电话，老婆，我想你。可是我恐怕不能回去一起过年了……放下电话，他的心窝子里如针扎般难受。想想家里只有她一个人独自冷冷清清地过年，泪水无声地淌落下来。

春节前夕，他突然收到她寄来的一只纸箱子。好奇的他忙不迭地打开箱子，顿时愣住了。哈，一堆花花绿绿的彩线娃娃！这些全是她编的么？他把这些彩线娃娃们一字排开，排成一支雄赳赳气昂昂的部队。它们，象征着女人对自己的一片相思呀！他不经意地将彩线娃娃数了数，不多不少，正好 99 只。"呀，我也编了 99 只！这算不算心有灵犀呢？"他惊讶得叫出了声。

他不知道，女人前几天曾偷偷地来探望他了。当他打电话说过年不能回去时，她一听就软面条般瘫倒在沙发里了。大过年的，两口子怎能不在一块厮守呢！她失神的目光落在房间里的彩线娃娃上，望着望着，伤心的泪水就像决堤的河流般涌淌下来。她再也熬不过那份思念，打算进城来陪他一起过年。

当她打听着摸到厂里的时候，正赶上他加班。她走进他住宿的那间宿舍，坐在充满他的气息的床铺上，忍不住动手帮男人收拾起来。几件脏衣服、一双臭袜子、饭盆里还有吃剩下的菜汤儿……当她发现床底下那些花花绿绿的彩线娃娃时，她鼻子一酸，再也抑制不住难过的心情。看样子，这间狭窄的宿舍里挤了十几个人，根本腾不开给她住的地儿。可他总在电话里说，厂里天天改善伙食，我们吃的都很好；住的地方也不赖，标准间。她突然明白了，那都是大男人的自尊心在作怪。

她没等到他下班，就悄悄离开了。坐上回家的火车，她哭了一路。回来后，她把自己编的那些彩线娃娃统统装进一只纸箱子，挂号寄回了厂里。她在附上的信里说，让它们陪你过年吧，权当是咱们在一起团聚了。

他按捺着激动不已的心跳，把两堆彩线娃娃放在了一起。她的彩线娃娃细腻、别致，就像一个个漂亮的女子；而他的就相对粗糙一些，更像一个个粗旷豪放的男人。他突发奇想地把它们分别配成了一对一对的，正像一个家庭里必须有男人和女人一样，这些彩线娃娃也像是一家子。接着，他就把这些彩线娃娃全部悬挂了起来，弄得到处花花绿绿的，宿舍里顿时热闹了许多。每对彩线娃娃都紧紧地拥抱在一起，像极了久别重逢的夫妻，正在旁若无人地脸对脸亲吻。他在每对彩线娃娃的上面，写上一对工友夫妇的名字。

当工友们看到写着自己夫妻名字的彩线娃娃时，好几个大小伙子当场就哭了，当初曾经嘲笑过他的人，都淌下了真情的眼泪。

（刊发于《新故事》2011年1期）

父子俩的搭车人生

座下的黑色宝马车驶离了机场，朝家的方向平稳行进。车里坐着我们一家三口，我铁青着一张脸，妻子的眼睛里也泛着潮光，儿子则满脸沮丧的表情。起初他还试图解释什么，看我们端出一副不容置辩的神色，也就识趣地闭了嘴。

儿子是被我们硬逼着回家的。原本以为他在大学里专心读书呢，谁知竟一个人跑去体验什么免费搭车？你一个平时开百万豪车的主儿，从小习惯了出门乘飞机、拥有航空公司银卡的富家子弟，脑子里咋会冒出如此荒诞不经的怪念头？多亏有亲戚偶尔看到他在社交网站上发布的"旅游日记"，否则我们这做父母的，还被蒙在鼓里呢。急得妻子先是打电话指示他坐飞机直飞昆明，后来发现儿子的搭车行动仍在继续，只好在电话里哭着哀求，我则摆出强横的态度以断绝经济来源相威胁，这才逼得傻小子乖乖就犯，提前结束了搭车之旅。我们双双丢下手头的工作，赶去机场接他回家。

儿子小声嘟囔着，说重新回到付费购买交通服务的生活，他已明显感到不适应了。我对他的抱怨不屑一顾，强忍着没发作。妻子则一如既往地批评儿子将来适合搞慈善——他心肠太好，缺乏戒心。哪知她话音未落，忽听儿子大喊："老爸，快停车！"原来，他看到路边好像有人招手拦车，他要我停车搭对方一程。我恼怒地瞪了儿子一眼，一阵风似的开过去了。

破天荒第一次，儿子朝我发了火。只见他急得嘴唇直哆嗦："你怎么连一点同情心都没有？顺路搭人家一程又咋了？没见那个人站在路边等车有多可怜？"

看儿子如此激动，我故意轻描淡写地说："不是我不想搭他，你看他还有一辆自行车，不是不方便搭吗？"

儿子的情绪仍然无法平静下来："以前我开着咱家一百多万的豪华车兜风时，几乎从没注意过路边试图搭车的人，即使看到，也会毫不犹豫地呼啸而过。可这几天来，有时当我站在路边拦车，几个小时都没人搭理。还有人狮子大张口般冲我要钱，一听说要免费搭便车，砰地一声就关了车门。"我刚要教训他这是自讨苦吃，儿子话锋一转，又说，"可有些好心人就不一样了，他们不但肯搭我，还拿出自带的水果让我吃，我临下车时，他们竟再三叮嘱加油站的服务员帮我拦车……这种截然相反的人生体验，真是太强烈了！人和人咋这么不一样呢？"

说着说着，儿子忽然哽咽起来，又讲了这样一件事：

他在遵义桐梓县搭车时，遇到一对带着婴儿的夫妇，他们不仅腾出最宽松的座位给儿子，还一个劲儿地往他手里塞熟鸡蛋。夫妇俩的钱包当时就放在儿子身边，却一点也不提防。快到桐梓时，他们邀请他一起下高速，找了个饭馆吃饭，那是儿子整个旅途中最丰盛的一餐。夫妇俩甚至极力挽留儿子在桐梓住一夜，见他执意不肯留宿，又把他送回了高速公路。女人站在马路边拦了一刻钟，才喊到一辆车。男人赶紧给司机递烟，嘱托对方照顾这位大学生。在等车的间隙，他们翻遍了随身的零钱，凑了45元硬塞给儿子，让他"搭不上车的话就买张车票，少走一点是一点"。儿子推辞不过，只好眼含热泪收下。

泪水，又在儿子的眼眶里打转。只见他从口袋里掏出了几张皱巴巴的钞票，极小心地双手捧给我们看，就像捧着一颗热诚的心，又像捧着一件易碎的珍宝。他激动地说："这户人家的善待，让我忘掉了一路搭车的艰辛与白眼，更让我顿悟了那句话：如果你想做一件事，全世界都会来帮你。"

我对儿子的年轻浅薄颇不以为然："哼！人家才给了你几十块钱，就把你感动成这样；你算算你从小到大花了我们多少钱，也没见你怎么着啊？"

儿子一怔，急眉竖眼地反驳："爸，这不一样。咱们是亲父子，而他们却跟我素昧平生呀！假如你遇到陌生的遭难者，肯将身上的现金全部拿出来帮人吗？"一句话，问得我哑口无言了。

"从小到大，你们一直教育我'不要和陌生人说话'，要跟咱家工厂里那些打工的人'保持一定距离'，可几天来的经验告诉我，世上还是好人多，桐梓县那对夫妇的行为彻底颠覆了你们的这种教育。"儿子继续絮叨着，"途中我发现。相对于'奔驰'、'陆虎'、'雷克萨斯'等豪车而言，那些普通车更易拦下，似乎寻常百姓更乐于助人。当我背着包像个穷小子那样求助时，鼎力相助我的，恰是这些看上去不起眼的人。"

儿子回到家，仿佛几夜没合眼似的，钻进舒适的被窝里就呼呼大睡了。我们看到，他在临睡前，将那四张 10 元、一张 5 元的皱巴巴的钞票，郑重其事地夹进了记事本里。我们夫妇不约而同地对视了一眼，满脸讶异的表情。

才短短几天时间，性格内向、平时甚至"不敢与人对视"的儿子，竟然厚着脸皮主动搭人家的便车，还有了自己的人生看法了。说真的，从他身上，我仿佛瞥见了自己年轻时的影子。

我突然没头没脑地问了一句："老婆，你还记得咱俩第一次赶集买婚礼用品的情景吗？"妻子豁然已明白了我说这句话的用意，我们俩同时陷入了对陈年往事的回忆之中——

那是二十多年前，我俩已择定婚期，相约到十多里外的集市上置办婚礼用品。散集的时候已是下午，因为帮一个走失的小女孩寻找妈妈，我们错过了最后一辆回家的客车。购买的东西着实又太多，托顺路的乡亲往家里捎信，却一直不见人来。眼瞅着天就要黑了，我焦急万分地站在路边拦车，好容易开过来一辆三马车，那位车主却故意拿捏想敲诈我们，我气得跳着脚破口大骂："开个破三马车有啥了不起的？以后等老子有了车，专门义务帮人捎脚。呸，你算个什么东西！"

"那时的你，很穷，却敢于理直气壮地斥责别人，不就因为刚做了件好事，觉得自己比那人活得有尊严吗？"妻子慷慨直言，"没错，咱现在是有钱了，可当初的热忱还在吗？以往的那帮穷哥们儿，你多久没跟他们联络了？乡下的生身之地，你多久没去探望了？扪心自问，那些曾经的人和事，难道一次也没在梦里出现过吗？"

我陡然出了一脑门子汗，脸色猝变。假如人生是一辆车，我的确幸运地搭上了一辆通往财富大厦的专列，一路与勾心斗角为伍，和尔虞我诈较量，年年疯狂打拼经营，终于步入富足的上层生活。但金钱所带来的戒备之心、麻木不仁和高高在上的倨傲，就像在周遭砌了一堵墙，把自己牢牢围困了起来，年轻时的热忱与激情、诚挚与友善却一古脑儿打包丢掉了。我长长地感叹了一声。

也许儿子说得对，除了座下豪车、一身华服和兜里多了些金钱之外，我其实还是原来的我，并不比别人高贵一星半点。望着熟睡中的儿子，我想：以后的人生仍将继续，但有过这次搭车的经历，我们父子俩的生活注定会跟以往有所不同。

（刊发于《中国中学生报》2012 年暑假版）

换　刀

　　米特尔是英国伦敦某个小镇上的一个穷苦小学生，在他满十周岁这天，父亲送给他一把骨柄的漂亮小刀作生日礼物。

　　就别提米特尔有多高兴了，他是哼着歌儿，一蹦三跳地一路跑进学校的。有了这把小刀，他就可以理直气壮地向同学们炫耀。在这个以富人家的孩子居多的学校里，米特尔没有一点值得炫耀的东西，以致倍受冷落。但今天就不同了，这把小刀会让他在那些孩子们中间享有优越的地位。他仿佛看到一向傲慢的杰克为了能玩一会儿小刀而走过来拍自己的肩膀，马屁精欣尼弗会一整天围着自己转来转去的，总受欺负的查理会在角落里默默投来崇拜的眼神。更让米特尔陶醉的是，就连爱丽丝也会晃着一头漂亮的金发，扯着动听的小嗓子喊着："嘿，米特尔!"这些景象在米特尔的脑海里不断地变幻着，他的小脸上泛着得意的红潮，心窝里往外喷涌着一股快乐的水花。

　　可是万没想到，这股水花很快就凝成了一块冰疙瘩，它堵在米特尔的心窝里，让他仿佛一下子跌入了深不见底的冰窖！凑巧，同班的弗列特今天也带到学校里一把小刀，是双刃的，一下子吸引了所有同学的目光。教室里，傲慢的杰克依然傲慢，欣尼弗依然跟屁虫似的围着杰克转，受了欺负的查理依然呆在角落里抹眼泪。只有漂亮的爱丽丝，晃动着满头金发扯着动听的小嗓子在喊，但她喊的名字是："嘿，弗列特!"而依然遭受冷遇的米特尔从此又要抬不起头了！他的自尊心再度受到了伤害，倔强的他咬着嘴唇，强忍住眼窝里不停打转的泪水，不甘心地到处去和小孩子们交换小刀，此时，能立刻拥有一把两刃小刀是他最迫切的愿望。

放学后，疲惫而又十分沮丧的米特尔沿着公园的甬路往家里走去，手里拿的依然是那把单刃小刀。他的小眼睛不停地往四周睃巡着，企盼着能有奇迹发生，让他突然在某个地方捡到一把。还别说，奇迹果然发生了！就在这时，米特尔的小眼睛猛然亮了起来，因为他一眼瞥见迎面走来的那位老人手心里恰好攥着一把小刀！这是一位精神矍铄的老人，他脸上的胡子和蓬松的头发已经全白了，褐色的眼睛是那样的慈祥和蔼，他正迎着米特尔一步步地缓缓走来。米特尔瞪着一双锐利的小眼睛打量了一下老人，老人那朴实的表情和善良的眼神让他的心砰地跳了一下，他忽然觉得自己的机会来了。米特尔紧紧地跟在老人身后走着，两眼一眨不眨地盯着他手里的小刀，直到它被老人揣进了衣兜里。米特尔向前紧走两步，站到了老人的面前，礼貌地说："您好先生，咱们可以换点东西吗？"

"换东西？换什么呀？"老人停下来奇怪地问。

"先生，我有一把很好的小刀，还有一个出色的贝壳。我想看看你的小刀，也许咱们可以交换一下。"米特尔说。

老人听明白以后，笑了，是那种心无城府的笑："拿出你的刀来让我看看。"他们两个人坐在街边的长椅上，都从衣袋里掏出小刀，并列放在一起。米特尔一看，老人的正是一把两刃小刀！他惊喜得差点叫出声来，激动得一双小手压住起伏不定的胸脯，不停地默默念叨着：哦，求上帝保佑，让他把小刀换给我吧，让他把小刀换给我吧。

只见老人用手掂量着两把小刀，满有把握地说："我的刀好一些。"

"为什么？"米特尔狡猾地问："我怎么看不出它好在哪儿呢？"

"我的刀是全新的，而且比你的还长一寸。"

"是，我的刀不如你的新，也稍小一些。不过，你要知道，我的小刀快极了！"米特尔争辩说。他从地上捡起一根树枝，轻轻一削，树枝立刻被切成两段。"看到了没有？你的刀没有这么快吧？"

"是的，你的刀也是一把好刀。不过，还是我的刀要好些。"老人肯定地说。

"你的刀并不是太差，但跟我的刀比就差远了。"米特尔终于开出条件，"这样吧，你贴给我三个便士，咱们换一换吧。"

老人一听，两眼突然射出炯炯的目光，盯着他微笑着说："我的刀是两刃刀，你的则是单刃的……"

米特尔连忙改口说："我知道——"本来他想说"我再搭上一个贝壳"，但他看了看对方那平静和善且微笑着的眼睛，又改口说："你贴给我一个便士算了。"还狡辩道："有一个刃就够用了，两个刃也是多余。"

老人保持着平静的沉默，他看到米特尔的小脸上洋溢着一副因耍了小聪明而沾沾自喜的笑容。良久，老人突然问道："既然你的刀好，我的不如你的，那你何必拿好的换差的呢？"

这句话犹如一声闷雷，在米特尔的脑际轰然炸响。他突然意识到，之前老人的平静和沉默是不动声色，其实他从一开始就觉察了自己的动机。米特尔觉得自己的一切努力都失败了，他的心情异常沮丧又有点委屈。沉默良久，他开始对着老人倾诉：他在学校里如何受冷落，他想凭借父亲送给他的小刀赢得朋友和荣耀，但同学弗列特的两刃小刀夺去了别人对他的崇拜，他也想拥有一把两刃小刀，就到处与别人交换，却总以失败而告终……说着说着，米特尔的眼睛里涌出了泪花。

老人静静地听完后，把自己的小刀缓缓地推向了米特尔："拿去吧，这把小刀已经属于你了。"

"为什么？"米特尔吃惊地瞪大了眼睛，他简直不相信这是真的。

"是你诚实的眼泪打动了我。"老人说，"诚实是一个人最宝贵的东西。孩子，无论什么时候，请记住：只有真诚才能感动上帝。"

这位老人就是卡尔·马克思，他用自己的方式给这个孩子上了人生至关重要的一课：奉上真诚，它比一切办法更有效。

这个叫米特尔的孩子，后来成了享誉伦敦教育界的知名人士。那两把小刀他珍存了一生。他除了经常自己拿着把玩、深思外，还多次向家人与朋友们展示，告诉他们自己为什么在做人及教育理念上始终奉行的是真诚和守信。在一次电视节目的人物专访中，他又一次感慨万千地回忆了这段往事，他说："我的十周岁生日是非常幸运的，因为那天我竟然收到了两把小刀作生日礼物，一把饱含着浓浓的父爱，而另一把则更加珍贵，因为它让我受益终生！"

（刊发于《故事大王》2010 年 10 期）

一架特殊的梯子

熄灯以后，夜色笼罩下的校园如此静谧。大部分同学已进入了梦乡，宿舍区传来轻微的鼾声。这时候，黑暗中有个人影一闪，从宿舍里悄悄溜了出来。

他来到高高的围墙边，先是警惕地环视四周，接着又仰头张望，看样子，他是想翻越围墙。可是围墙太高了！连个可以攀爬的抓手都没有。怎么办？他略作思忖，便有了主意。只见他返回教室，搬出来两只凳子，搭成了一个简易的"梯子"。很明显，如果人站在"梯子"上，一伸手就能搭上墙头，轻轻一个纵跃便能翻到墙外。墙外，紧贴着墙壁有一棵高大的老槐树，回来的时候就容易得多了。望着这个聪明的"杰作"，他简直对自己佩服得五体投地了。

他登上"梯子"，很轻松地翻越了两米多高的围墙，径直去学校附近的网吧里，一玩就是一个通宵。黎明时分，估摸着天色快要亮了，他走出网吧，顺着老槐树溜进校园，将凳子悄悄地放回教室，这一切神不知鬼不觉的，他不禁暗暗有些得意。

接下来，他每天晚上都故技重施。网络游戏诱惑着他，让他像着了魔，一入夜就变得没着没落的，一切都不要管了，只想坐进网吧里去才好。有一次，当他登着"梯子"爬上围墙的时候，偶尔回望了一下。这一望不要紧，登时心头咯噔一下：围墙太高了，看着都有些眼晕。假如凳子被人撤掉就糟了，从围墙上直接跳下来的话，怕不跌伤腿才怪哩。

怕什么就来什么。这天拂晓，当他回来爬上围墙，不由暗暗倒抽一口凉气：凳子果然没有了！他冒出来的第一个念头就是，坏了，被人发现了！怎么办？天色眼看就要放亮了，他顾不上多想，两手扒住墙头，开始拿双脚试探着往下够地面。

突然，脚下多了一副软乎乎的肩膀。有一双手牢牢抓住了他的脚脖子，随着肩膀缓缓下蹲，他被稳稳当当地放到了地上。他站稳后定睛一瞧，暗叫不妙：此人非是别人，正是他的班主任！这不恰撞枪口上了么？完了，完了！他懊丧地垂下头，等待一阵狂风暴雨般的呵斥。接下来就是全校通报批评，老师的冷眼、同学的蔑视、母亲的哀怨、父亲的打骂，从此再也没有了昂首挺胸的尊严，只能缩着头走路，夹着尾巴做人……这些可怕的后果，只一瞬间就占据了他的脑海，他不由得恐惧到了极点。

出乎意料的是，两个人静默了足有一分多钟，班主任竟亲切地拍了下他的肩膀，柔声说：天快亮了，赶紧回宿舍补个回笼觉吧，别误了上课！说完，扭头走了。

以后的日子里，班主任再也没有提起过此事，每次见到他，就像什么都未曾发生过一样。这次不光彩的翻墙事件，成了两人心中永久的秘密！但他却知道自己错了，懊悔得悄悄掉了好几次眼泪。此后，每当他有了玩游戏的欲望，一想到曾经托举自己的那副软乎乎的肩膀，立刻就抑制住了心猿意马，转而专心致志地读书、学习。

几年后，他终于圆了大学梦，并考上了研究生。后来，他曾在很多场合向人讲述过这件事，语调里充满了深深的感恩。他说，当年，我自作聪明地拿两只凳子搭成了滑向堕落的"梯子"，却被班主任老师及时地撤掉了。不仅如此，还用另一架"特殊的梯子"将我的人生托举了起来。它踩上去软软的、肉肉的，却那么坚实有力；那种感觉，无论过去多少年，我都不会忘记。这架梯子就是当年班主任老师那副瘦弱的肩膀，它是一架催我奋进的"梯子"，沿着它，我一步步地向上攀登，终于拥有了今天的辉煌人生！

（刊发于《初中生周报》2010年10月9日）

5000 桶井水

站在井台边的她，拿袖子抹去额头的汗，又一次将水桶缓缓地下到井里。胳膊酸胀难忍，手掌疼得发麻，她已经记不清这是第几次提水了。从如此深邃的井里提水，对于刚满16岁的她来讲，是个不小的体力活。何况每一桶水，都得她提着走上20分钟，才能倒进人家的水缸里。

帮人提水，是她每天放学后的"必修课"。

初二那年的一天，当她看到年迈的庹奶奶拎只瓦罐，挪着一双脚去水井旁打水的时候，心不由得揪了一下。庹奶奶是村里的空巢老人，儿子媳妇都在城里打工，后来将孩子也接走了，家里只剩下她一人艰难度日。要命的是，庹奶奶的家离村里水井比较远，庹奶奶年纪大了，提一罐水非常吃力。那么小小的一罐水，老人能凑合着用上两天。她看在眼里记在心上，暗自决定每天帮庹奶奶提水。哪知一桶清亮亮的水刚倒进庹奶奶家的水缸，好心的奶奶非要塞给她一块钱。她惶恐得连连摆手，坚持不要。庹奶奶慈爱地说，拿着吧孩子！我儿子每月都寄钱回来呢。我不缺钱花，缺的是像你这样能帮我解决实际困难的好心人呀。以后，你在不上课的时候都可以来帮我提水，我会按一桶水一块钱给你发"工资"。

听了这话，她顿时又惊又喜。从庹奶奶手里接过来那一块钱，她的眼睛里倏地涌出了泪花——她上学正需要零用钱。

她是个不幸的女孩儿。不到两岁时，父母的生命就被一场残酷的车祸无情地夺走了。是村里一位54岁的好心老汉收养了她，从此她与养父相依为命。6岁那年，养父把她送进了学校，懂事的她十分争气，学习成绩在班上一直都是第一名。

但是，厄运似乎并未结束。在她上到 5 年级时，养父生了一场大病，花去了一大笔治疗费用，还需要长期吃药来治疗，再也无法下地干重活儿了。家里没有了生活来源，再也无法供她上学了。11 岁的她只好暂时辍学，经人介绍到县城里一户人家去当保姆，做一些照顾小孩、洗衣服之类的简单家务活，每月一百元工资。在这段当保姆的日子里，她没有放弃看书自学。她一心想攒够了钱，仍回到村里和同学们一起上课。三年后，她带着自己赚来的 3000 多元"工资"回到村里的小学，通过一年的学习，她以全班第一的成绩考上了镇中学。

上中学后，她的成绩一直排在班上前 10 名。为了省钱，她常常一天只吃两顿饭，一个月的生活费还花不到 100 元钱。尽管如此，买学习用品还是需要一些零花钱，养父看病吃药也需要钱。她本想义务为庹奶奶做好事的，没承想却为自己找到了一条赚零花钱的门路。

从那以后，不管风吹日晒，她放学回到家就开始帮庹奶奶提水。为了把水缸装满，好让奶奶一周都不缺水吃，她一天要提上五六次水。后来，村里越来越多的老人都希望她能帮他们提水，并按庹奶奶的标准支付费用给她。5 年时间里，她帮村里的老人们提了 5000 多桶水。靠提水赚到的钱，除了给养父买药之外，也让她顺利读完了三年高中。

她的名字叫陈维。今年高考，她在考场上正常发挥，以 581 分的成绩考上重点本科。她填报的是免学费的师范专业，但上大学的路费和日常花费，仍要靠她自己想办法解决。当大多数的准大学生们，都因考了高分在家享受父母的百般宠爱时，她又在江北绿叶义工的帮助下，走上街头靠卖报纸筹措自己的路费。

当她的事迹被当地媒体披露出来后，许多热心读者纷纷给报社打电话，要求见一见这个身世可怜的女孩儿，都想伸出援手来帮她一把。可出人意料的是，出现在大伙面前的她，脸上始终挂着从容又淡定的微笑。她并没有娓娓地讲述自己的不幸身世以博取同情，而是用十分镇静地语气说：虽然我从小遭遇横祸父母双亡，老天却赐给我一位善良的养父；有人说，是养父的病拖累了我，可我觉得那是老天给了我回报他的机会。的确，我每天帮人提水赚零花钱很辛苦，可好心的老人们支付给我的，不仅仅是钱，还有他们发自内心的缕缕关爱呵！送去一桶清亮亮的水，换来一份纯朴朴的爱。这爱，如同甜甜的井水般清醇甘冽，不涸不竭。都说生活是一眼苦水井，我很幸运，淘出来的却是一股股甜水。

那一桶桶清水会永远记得，我跟庹奶奶和邻居们之间的浓浓情谊。这是多少金钱都买不来的，更是我努力奋进的源源不断的动力。这种动力，会陪伴我一生！

一番话，令在场的人无不肃然起敬。

（刊发于《做人与处世》2010 年 12 期）

岔路上的成功

　　他，是一位品学兼优的高中生，却突然遭遇飞来横祸：父母不慎双双煤气中毒，当他哭着将他们送进医院，巨额的治疗费不仅花光了所有积蓄，还欠了亲友们数万元的债。

　　他不得不暂时退学，向学校要回预交的几百元学杂费时，他流泪了。但坚强的他在病床前一边照顾父母，一边刻苦自学了全部的课程。他唯一的愿望，就是父母能早日好起来，这样他就可以参加明年的高考了。

　　这天，一群年轻医生簇拥着一位中年大夫来查病房，那位大夫为高中生的父母检查完病情，却没有要离开的意思，似乎有话想对他说。高中生哪知道，站在面前的这位大夫，人送绰号"李一刀"，凭一把医术高超的手术刀救人无数，方圆数百里没有不知道他的鼎鼎大名的。

　　李一刀在高中生对面坐下来，说：我想讲一个故事，你愿意听吗？没等回答，他就顾自讲述起来。

　　"二十年前，也有个像你一样出类拔萃的高中生，许多人预言，他肯定能考上名牌大学。但读到高三，突然发生了天大的事：他在县城工作的父亲勾搭上了外面的女人，先是跟他母亲闹离婚，继而竟抛弃了一切，跟那女人远走高飞了。他老实巴交的母亲无法接受婚变的打击，精神彻底崩溃了，整天处于半疯癫状态，需要人照料。

　　他当时在学校住宿，得知消息便火速赶回了家，勇敢地承担起了做儿子的责任，一直陪伴在母亲身边。他边伺候母亲，边种田、搞副业，手里有了点钱，就赶紧东奔西走地为母亲治病。三年后，他的母亲死了，他也变成个彻头彻尾的庄稼汉了。再后来，同村的一位姑娘跟他结了婚、生了孩子，他们一起面朝黄土背朝天，过起了土里刨食的日子。

村里好多人都为他惋惜：如果不是家庭变故，他的生活将是另外一种局面。热心的亲友多次劝他返校继续完成学业，并供给经济上的资助，可他却坚决地摇摇头，拒绝了。他说，世上的路有千千万，我就不信凭自己的双腿趟不出一条路来！乡亲们听了这话，没有一个不感叹的。

难能可贵的是，即便到了这个地步，他依然没有放弃追求，白天他四处奔走寻找出路，晚上仍挤时间坚持学习，不放过任何翻身的机会。

巧的很，村里有位德高望重的刘老医师，不仅医术精湛且性情豪爽，为人处事颇有江湖遗风，堪称乡间一旷世奇人。因他医德好口碑好，方圆数十里的乡亲有个三灾六病，第一个念头就是找老刘诊所，连周边县市的人也纷纷慕名而来。当时很多人挖空心思欲拜入老医师门下，都被婉言谢绝。出乎意料的是，阅人无数的老先生竟对他这个有孝心、肯用功的小伙子青眼相加，主动上门表示愿意收他为徒！他落泪了，在最落魄的时候，师傅肯收留他并授业于他，这是想给他一条出路啊。这样，他成了刘老医师的"贴身小伙计"，一个谦恭好学，一个倾囊相授，师徒二人建立了堪比父子的情谊。

可以说，能入医行是他命运的最大转折点。二十年后，老医师含笑谢世，诊所换上了他的招牌。他每年除了废寝忘食地钻研医学、对手术精益求精外，还南下北上多次走出去学习交流，成立了一家专门的研究中心，诊所生意被他越做越大，发展成县城周边最有名的一所医院，他也被人们捧成了名医。"

李一刀问："你说，他也称得起是一位成功者吧？可他当年跟你如今陷入的困境一模一样啊。"

高中生眼睛里泛起晶莹的泪花："故事里的这个人，就是你吧？"

李一刀点点头："跟你说这些，是因为从你身上，我看到了自己当年的影子。当年我的好多同学都考上了理想的大学，找到了称心如意的工作，他们大多在事业上顺风顺水。但我不羡慕他们，我曾失去了继续求学的机会，却意外地收获了另一种成功。有趣的是，所有人反倒都来羡慕我，说我李一刀如何如何有本事！真的是我很有本事吗？其实，这种本事你也有，那就是：不气馁、不放弃，坚持最初的梦想和追求，哪怕在荆棘丛生的岔路上，也终能迎来命运逆转的那一天。"

　　生活并非总是一帆风顺，也有被天灾人祸所迫，不得不偏离阳光大道拐进羊肠岔路的时候。请坚信，岔路不是绝路，更不是歧途，只要不自甘沉沦，而是冷静沉着地去思考、去面对，走下去，一样能获得成功。

（刊发于《榆林新青年》2011 年 7 期）

布泽生灵

　　他，自幼酷爱涂鸦，小小年纪便喜欢拿画笔在宣纸上挥毫泼墨。父母看他有这方面的天赋，就领着他遍访丹青高手，供他学画。上学以后，每逢节假日他总爱背着画夹簿，到野外去忘情投入地写生，在湖畔海滨、公园丛林中一呆就是一整天。工夫不负有心人，他的画技进步很快。后来他考上了西安美术学院，作品多次在中国美术家协会等举办的书画大赛中获奖。毕业以后，他专心从事画画创作，一心想当职业画家。

　　但是，一次偶然的听讲，深深触动了他18岁的心灵，让他的命运陡然出现了转折。

　　那是在2000年时，他去南海子麋鹿苑写生，偶遇一位鸟类专家正拿着小喇叭给小学生们讲课，讲环保知识，讲尊重生命、爱护自然环境等等。他听着听着，脸上开始一阵阵发烧。原来，因为画画，他总去野外写生，观察飞禽走兽。天性顽劣的他，还是个捕鸟高手，他的捕鸟技术在当时的草桥中鼎村非常有名。他捕起鸟来是很凶的，可以说，凡是在中鼎村被他看到的鸟，60%以上都跑不掉，什么黄雀、燕雀等一只只虽不名贵却很漂亮的鸟儿，全部落入他的"魔爪"之中。听了专家的宣传演讲，又看到了很多墓碑，他懵懂的心灵第一次感受到了来自生命的震颤。想想自己以前的所作所为，一股忏悔之意不禁油然而生。

　　那一刻，他暗暗下定了赎罪的决心。

　　在他的百般"忽悠"下，老爸终于在北京南的房山十渡风景区买了一座别墅，希望他多多"师法自然"，从自然山水中获取绘画的灵感。可是等老爸转身刚离开，他就在别墅门外挂上了"野生动物保护站"的牌子。他下决心要做动物保护，尽管还不太清楚野保工作具体该怎么做，却认定了这是一件非常有意义的事情。

刚建站时，成员只有他一人，就先印点宣传资料发放。后来，陆续有志同道合的朋友加入进来，都是年轻的野保志愿者。作为最"草根"的民间公益组织，他们的任务就是利用业余时间到野生动物聚集区进行宣传和保护。北到昌平、密云，南到房山、大兴，只有十几个人的野保站要负责全北京地区的野生动物保护和巡护。他和他的队员们身着迷彩服，匍匐在荆棘、沟壑中，保护着生灵安危，同时，记录下它们美丽的瞬间。他们活动的地方大都在荒郊野外，每天和小动物们在一起，在山野里打滚、嬉戏，让他每天过得很充实，经常在山里一待就忘记了时间。

可在爸妈眼里，他的行为却有点吊儿郎当：一会儿要拍摄，一会儿要给店里裱画，一会儿准备发货，一会儿又跑去救助野生动物……一天到晚不知他忙些什么。

爸妈对他的做法不理解也不支持，老妈催着说，挣点钱全攘出去了，赶紧结婚吧！野保站就是个无底洞，你根本填不完。老爸也附和说，我承认这是伟大的工程，但需要全社会一起做，只靠你自己是不行的。

爸妈的唠叨，他只当耳旁风。只要他认准的事，决不会轻易改变！野保站没有资金来源，而印刷宣传品、车辆日常维护保养等，每月需要支付数千元，他只有靠卖画来维持运转。他开始拼命地画画，拼命地挣钱，为了增加收入，他有时要画一些自己十分厌烦的画，梅花、老虎等，五六百元就能卖出一张，他还画过能卖几万块的高仿画，因为那个来钱快。他到自然中去写生、拍片子，变成艺术品出售，再拿这钱用于保护自然，他认为"以画养站"是个很好的良性循环，是这个钱本该去的地方。他觉得自己有责任来保护这些动物。

一转眼，他从事野生动物保护工作已经10年了，他的野保站救助各种野生动物达570只。2010年5月，因为发现了极为罕见的国家一级保护动物野生黑鹳的巢穴，他的"草根"野保站——黑豹野生动物保护站轰动业内。一直"凭着一股热情，觉得该怎么干就怎么干"的他，终于"找到了组织"，成为了国际WCS中国项目的成员，在工作设备和方式方法上都得到了支持和指导，这使得他的野生动物保护站更加专业和卓有成效。

他叫李理，一个倾情山野的 80 后小伙子。连他自己也没有想到，曾经一心想当职业画家的他，如今竟成了一位野保达人。但他不后悔自己的选择。因为有一次，他曾经在官厅水库的冰面上发现了一只孤零零的天鹅。当他小心翼翼地走到天鹅身边才发现，原来它的脚蹼冻在了冰上，他就用小刀一点点帮它把冰除掉，之后不久，天鹅又可以飞了。后来巡护时他又遇到了一群天鹅，它们有的在吃东西，有的在嬉戏，可老有一只天鹅往他这里看，它一会儿游到天鹅群里，一会儿又游过来依恋般地凝望着他。他猜出这是自己救过的那只天鹅，一霎时，仿佛走进了童话般的世界。

那一刻让他顿悟：拥有一颗布泽生灵的博爱之心，就拥有了高贵的灵魂！

（刊发于《做人与处世》2010 年 11 期）

诚实，历来很抢手

从小区里出来，我径直走向自己的爱车。刚准备打开车门，突然发现车头的地方，被刮出一道很明显的"伤痕"，顿觉一股无名火腾地一下蹿上心头：

谁撞了我的车？这是我刚买的新车啊！

我懊恼地朝四周望着，附近没有摄像头，也找不到一个目击证人，可恶的肇事者恐怕早溜没影了。我更加怒火中烧了。

正暗自恼恨着，我突然发现另一边车窗处贴着一张纸条，上面一行清秀的字迹写道：对不起，是我撞坏了你的车，请跟我联系。字条的后面，留了一个手机号码。当时我是又高兴又疑惑，高兴的是肇事者有了目标，疑惑的是这是不是真的？如今哪还有这么傻的人，会主动承担责任？

我抱着试一试的心态，开始拨那个电话，"嘟……"电话居然通了，接电话的是个年轻男孩子的声音，一听我是被撞的车主，忙连声道歉，并表示一定赔偿损失。小伙子接着问，需要赔给您多少钱？我也搞不清楚，只好打电话给修理厂，对方详细询问了车损情况后，报出最少要800块。小伙子当即答应，好，就赔您800块。可是……他期期艾艾地问，我是在快餐店打工的，目前身上只有200块钱，800元赔偿款能不能分期付？

这小伙子，经济条件不好还主动要求赔偿。我心一软，决定只收小伙子200块钱算了。

不行，那样你就太亏了。小伙子却坚持要赔800块，他约我下午5点还在撞车处见面，他要把仅有的 200 块钱先给我。面对小伙子的执拗，我有些哭笑不得。

下午，我终于见到了这位"傻傻"的肇事者。果然是一位十七八岁的小伙子，长相很清秀，一见面又连声说对不起。原来，他在一家煲仔饭店里打暑假工，中午时分他骑着电动车去送快餐，经过小区门口时发现前面的饭盒有点倾斜了，就伸长手臂欠身去扶，只听"哐"地一声，一个不小心竟撞上了路边的轿车。当时他赶紧停下来四处张望，希望能找到车主。正值中午，柏油马路上冒着腾腾的热气，更要命的是，电动车上还载着客人的中餐，他足足等了 20 多分钟，急得不得了。幸好身上带了笔和纸，他灵机一动，留下一张"请罪条"，就匆匆离去了。他诚恳地说，我又筹借了 200 块钱，一共 400 元先赔给您吧。剩下的等我发了工资就给您送来。

说实话，那一刻我真的是被感动了。追着别人赔钱，如今竟还有这样诚实的人！说啥也不忍心再让他赔了，尽管自己亏了 400 块，不过心头却暖洋洋的。

我好奇地问：你是怎么想到要留纸条的？

他说：撞坏了您的车，心里挺内疚的，当时又急着送饭，只好留个字条，等您联系我了。

我又追问：那你就没有想过一走了之？

他惊讶地说，那咋能呢？撞了您的车，只是我行为错误；要是跑掉了，就是我品质有问题了。

听得我频频点头，只觉这小伙子很可爱，是个可塑之材。有句话忍不住就想脱口而出：小伙子，算你走运！你知道我是什么身份？明天到我公司来上班吧。

但这句话，是几天后我跟朋友们在一起喝酒时说的。我说，假如我是公司主管或某行业老板的话，遇到这么可爱的小伙子，一定会将他留在身边，起码为他创造一个机会好好栽培一下。无奈我只是一位混得不错的职场小白领，当时只能互留电话，双方成为不打不相识的好朋友，如此而已。

其实这番话，我是有意说给他们听的，因为我的这些朋友，个个都很了不得，不是身居公司要职，就是商海中叱咤风云的成功人士。说话间，我又将小伙子的手机号亮给他们看，并激动地说，也许你们认为这小伙子挺"傻"的，但我觉得，现在像这样淳朴诚实的人，真的不多了。这种诚实，是我们应该尊重和珍惜的。

没想到我刚讲完，这些看惯了职场或商场中勾心斗角的朋友们，竟争抢着给那位小伙子打电话，他们先是证实有没有撞车这回事，接着又问他愿不愿意到他们的公司里去上班，最后还都要和他交朋友呢。

诚实，历来都很抢手！

（刊发于《才智》2012 年 6 期）

小女孩与野杏树

　　一株小小的野杏树，生长在穷乡僻壤的六田里，和煦的乡野风摇曳着它略显单薄的身躯，脚下的泥土绵软而踏实。在庄稼苗的簇拥下，它白天享受着温暖阳光的照拂，夜晚仰望满天璀璨的星光，心头洋溢着一份快乐与满足。它憧憬着自己的未来，将长成一棵高高大大的杏树，春来开一树粉艳艳的花儿，招得蜂飞蝶舞，喧闹非凡；盛夏挂满黄澄澄的甜杏，收获一片赞叹。这将是一种多么充实而又幸福的人生呵。

　　有一天，一股凌厉的风突袭而至，让它一激灵打了个冷战。那是一柄锄头，锃亮的利刃正在清除庄稼苗周遭的杂草，倘使刚才稍稍偏斜一点，它柔弱的身躯将惨遭不测。田主人犹豫不决地举着锄头，俯下身子对它行了个注目礼。倏然之间，他似乎改变了主意，转头朝远处喊了一声。

　　哗啦哗啦一阵响，跑来一位十岁左右的小女孩。她一眼瞅见野杏树，双眸亮成了两颗暗夜里的星子，只见她匍下身子，勾起手指开始扒拉杏树苗下的泥土。刚扒了两把又停了下来，因为她发现泥土干巴巴的，丁点湿痕也没有，这样弄回去可保证不了成活，好好的一株野杏树，糟蹋了怪可惜的。小女孩眼珠一转，立刻有了主意。她跑到老远的河边，用嘴含了一大口水，缓缓地浇到它的根部，这样几次往返，根部周围的泥土成了湿润的一团。她双膝跪地虔诚地挖了起来，扬起的土屑落在庄稼叶子上，发出沙沙的声响。杏树苗的根部稍一显露，她便改变方向朝四周拓展，惟恐把树根弄断了。偶尔抬手抹一下额角，几星土屑就沾在了那里，但她却顾不上管这些，一心要把它挖出来带走。

回到家，却挨了母亲一顿训斥：看你把它当宝贝了，这是一株野杏树，是人家吃完杏子扔下的杏核长出来的，就算将来结了杏儿，怕也是又酸又涩的，难吃得很哩！

真的吗？女孩哪里肯信，她争辩说，野杏树咋了？野杏树就一定结不出甜果子么？她用期待的目光打量着手里的树苗，暗想，看这棵野杏树苗多壮，说不定，这枚杏核儿是从一枚又大又甜的白杏中被啃出来的，怎能结涩果子呢？她郑重其事地将杏树苗栽在院子一角，浇上水，期待着用事实证明母亲的判断是错的。

母亲并未深加阻拦，思忖片刻，又改换了口吻说："嗯，留着吧。难得你这么喜欢。"

转眼已过数年。院子里的杏树苗已窜成了一株高高大大的杏树，当年的小女孩也出落成大姑娘了。这一年，粗壮的杏树枝条上终于挂满了青嘟嘟的果实，女孩一脸兴奋地望着、盼着，期待着收获季节的来临。可是数月之后她却失望了，树上的杏子依然是青嘟嘟的，还那么小。她摘了一枚放进嘴里一咬，果然是又酸又涩的，连忙呸呸地吐到地上。仿佛辜负了自己当初的救命之恩似的，她怅然嗔怪道："咋会这样呢？早知如此，还不如不把它移栽进家里来呢。"

"也许有一天，它会派上用场的。"身后传来母亲沧桑的声音。当年身姿挺拔的母亲见老了，背有些驼了，脸上的皱纹也增多了，成了一位白发苍苍的老太太。

果子如此酸涩，还能派啥用场呢？她打量了杏树一眼，疑惑地想。

又过了几年，她风风光光地出嫁了。来年开春，她发现自己怀了孕。当杏树上刚刚挂满青果的时候，她害口得很厉害，每天围着它转圈子，馋杏树上的那些酸涩果子。老太太疼爱地望着她将一枚枚酸杏儿往嘴里送，一副吃不够的样子，打趣说，这会儿，该知道这株杏树的用途了吧？

她仰起一双迷人的杏核眼，无言地望着杏树，报以羞赧一笑。

不光是她，附近各村害喜病的小媳妇们，都来这里够酸杏儿吃，老太太总是来者不拒。

当年的野杏树变成了一株名副其实的"害喜树"。

望着她们喜滋滋地享用酸杏儿的模样，老太太睁开一双昏花的眼睛，久久地打量着这株野杏树，当年女儿执拗地非要在院子里栽植它的情景仍历历在目。她欣慰地自言自语：

　　任何事物活在世上，总有它存在的价值，甭说是一棵树了。

　　风儿吹过，满树杏叶"唰啦啦"一阵脆响，似乎在为老太太的话鼓掌哩！

（刊发于《农家女》2012 年 3 期）

拥抱一万人

　　火车站广场，一个年轻女孩穿梭于熙来攘往的人流中。当她看到一位年龄相仿的帅哥时，立刻鼓足勇气跑过去问，你可以抱抱我吗？帅哥以为遇上了疯子，连看她的眼神都是怪怪的，赶紧远远地躲开了。当众被拒绝，让她很难为情，不过她没有就此放弃，稍停片刻后，又上前拦住了一位路人，尽管对方仍可能会摆出一副臭脸相向……

　　女孩叫叶若羚，23岁，因貌不出众且身材微胖，一直陷于自卑情绪中无法自拔。上天似乎专门跟她过不去似的，让她最近不仅丢了工作，就连相恋数月的男友也绝情地弃她而去。失业又失恋的她，可谓跌入了人生最低谷，那份绝望与无助令她如坠冰窖。

　　恰在这时，她在电视上看到有人发起了万人大拥抱活动，那热情洋溢的场面一瞬间便打动了她：被一万个人拥抱，该是怎样的一种滋味？为了重新出发，更为了找到继续生活下去的勇气，她当即决定，自己也要与人分享"爱的抱抱"。为此，她精心设计了一张明信片以回赠每名被拥抱者，还在上面画了Q版的自己正怀抱一颗爱心示人以微笑，下方则印着电子邮箱和联系电话等。她把自己的起点选在了火车站，因为那里进进出出的人很多，一个个行色匆匆，她要主动向这些陌路人寻求拥抱，彼此分享生命的热情。

　　一开始，很多上班族和学生们都对她视而不见，甚至远远避开，当她上前说明来意，不少人摇着头说，"谢谢，我不习惯"。这些难堪的拒绝，差点让她放弃了最初的想法。她暗暗给自己打气：你不可以放弃，不可以就此认输！一定要坚持下去，加油！终于有人在耐心听完她的解释之后，半信半疑地肯拥抱她了，虽然只有短暂的三秒钟，却让她感激不尽。彼此相拥过后，她看到对方立刻展露出轻松的表情，并带着一份会心的微笑继续赶路。这让她陡然增添了些许自信。

她的十多名同学、亲友得知消息后，很是担心她，组团来帮她"抱"，被她婉言谢绝了，她宁愿大家一起来感受拥抱的力量，而不是替自己分担辛劳。她说，我不怕被拒绝，当我与陌生人拥抱时，亲眼看到对方从苦瓜脸、带有戒心，变成放松浅笑并回报祝福，心头便甚觉宽慰。也许接下来的一整天，他们都能保持心情开朗，我用内心的阳光融化了彼此间的冷漠，对方能感受到我的热情，同时也释放出一份热情，这恰恰证明了"只要勇敢分享，就能传递热情"，不是吗？

接下来，就轻松多了。在台北火车站，有个人特意带着剪报来和她拥抱；一名德国籍记者也来采访她，她没想到自己的小小举动竟赢得了如此大的社会反响。或许是媒体报道的缘故吧？渐渐地，开始有人主动来找她了，大家欣然上前与她热情相拥。他们兴奋地谈论着自己被抱到的感觉，都表示很开心，同时也发现自己内心有很多爱，以后也要懂得及时与身边的人分享。这些话语，给了她很大的鼓舞和信心，屈指算来，她已利用十一个周日的时间，踏遍了全台湾所有的车站。

终于这一天，她在桃园火车站拥抱到了第一万个人，这是一位六十多岁的老伯，当她递过去印有编号第一万号的纪念明信片，老伯大方地拥抱了她，并说，你和我的儿女一般大，你的勇气让我感动。两人开心地合影留念时，闲聊起万人拥抱的起因和经过，老伯眼眶泛泪地祝福她往后一切顺心。

被一万个人拥抱，究竟是什么样的滋味？

年轻女孩叶若羚用"融冰"两个字来形容——其实每个人心中都藏着一枚太阳，只是外表冷漠罢了。她暗暗计算过，自己遭拒绝和被接受的人数几乎是相当的，也就是说，她曾被拒绝了大约一万次。如今的她，内心充满了满满的自信，早已不再是以前那个自卑的她了。拥抱不过三秒钟，改变却可能是一辈子。她说：不怕挫折，是我被一万人锻炼出来的勇气。接下来，她还要努力做运动减肥，争取下周向心仪的对象告白，从此当个勇敢、自信、有魅力的女孩。

回想起万人大拥抱过程中，曾有不少人上网回信帮她打气，叶若羚带着无尽感激衷心祝愿：希望那些被我抱过的人，都能创造生命的奇迹。

带着被一万人拒绝还要继续尝试的勇气，她准备重新面对以后的人生。

搭车回乌鲁木齐

有位小伙子，从南京长江大桥步行到江浦附近的一个加油站，他发现此处进进出出的车辆很多，便不由自主地停下了脚步，想在这儿碰碰运气。当他伸手拦下一辆车，表白自己想搭一程便车的诉求时，那个车主根本没听完他的介绍，就断然拒绝了他。紧接着，小伙子又一连碰了好几个钉子，这时偏巧他想搭车的意图被加油站的工作人员听到了，他们竟毫不客气地驱赶他离开。小伙子只好继续徒步前行。

恰值滴水成冰的腊月天，在每个寒风呼啸的路口，小伙子都两手摊开写有"乌鲁木齐"的纸牌，努力地微笑着拦车。他的手招呼了无数次，举起，又放下；放下，又举起，数十辆车从他面前疾驰而过，根本就没有要停的意思。但小伙子没有气馁，他继续朝驶来的车辆使劲挥舞着手臂，脸上绽露的微笑也更具亲和力。当他向前步行了三个小时几近崩溃时，终于有一辆卡车停了下来，司机师傅听完他的介绍，破天荒地同意他搭乘。

成功地搭到了第一辆车的他，高兴到几乎雀跃。在搭乘了近 8 公里的行程后，小伙子下了车，并为这位好心司机和他的车拍了照。他又一次站在了朔风凛冽的路口，继续向路过的车辆挥手。从南京到乌鲁木齐远隔 3700 公里之遥，这才仅仅是个开头，余下的路程还需要他耗费时日，继续一程一程地去搭陌生人的便车。但有了第一次搭车成功的经验，他的脸上此刻写满了自信。

接下来，依然充满艰辛和历险的行程，在他眼里也变得意趣非凡了。比如在安徽，有位开奥迪的三十岁男子，将他的身份证和学生证看了很多遍，仔细打量了他无数次，又问了许多问题，才终于同意搭载他。没想到的是，在交谈中这位男子竟跟他说了很多知心话，原来该男子事业成功、家庭幸福，却一直没有朋友，他把萍水相逢的他引为知己了。

再比如在西安三桥，他巧遇几个维吾尔族老乡，可把他激动坏了，这让他简直产生了一种回到家乡的感觉。当他发现老乡们根本看不懂路标牌时，就义不容辞地负责为大家指路，老乡们也拿出馕和苹果给他吃。

在青海青石嘴的一个小镇子里，在他伫立路边重复招手、放下的动作几乎麻木的时候，一辆小货车停了下来。满怀欣喜的他拉开车门，一股奇怪的味道扑面而来，原来这是一辆装鸡的货车。年轻的司机师傅热情地挪开秤，为他这位不速之客腾出座位，两人伴着此起彼伏的鸡叫声，愉快地交谈了一路，让他完全淡忘了那股浓烈的刺鼻味道。

1月6日，天刚蒙蒙亮，他便站在了 312 国道哈密段 3593 千米处，一位姓何的师傅看到他举着写有"乌鲁木齐"的纸牌，让他上了车，并说了一句让他几乎泪奔的话：上了我的车，你就算到家了！当他得知这辆车要到六道湾时，不由连声感叹，这次是真的到家了！当日晚，在距家不到 1 公里的路口，他和何师傅挥手告别，向家里走去。

当日 20 时 30 分，这位名叫胡蓓蕾的 23 岁乌鲁木齐大男孩，历时 13 天，以沿途招手搭顺风车的方式，终于回到了家。一路上，奔驰、奥迪、拖拉机、大卡车、越野车……他换乘了 25 辆车，却没花一分钱路费。当他把自己的搭车经历告诉弟弟时，弟弟惊讶得将嘴巴张成了大大的 O 形，冒出一句话，哥，你太二了！弟弟想不明白，从南京到乌鲁木齐如果坐火车只要两个昼夜就可以到达，何必如此历险受罪呢？妈妈知道了，也后怕得直埋怨，你这个孩子啊，胆子太大了！路上遇到劫匪了怎么办？万一出了意外怎么办？你咋总干些让人担惊受怕的事情呀？

面对弟弟的嘲讽和妈妈的抱怨，小伙子却感觉不虚此行。他之所以选择搭车这样一种冒险的方式回家，是因为最近看了一部《搭车去柏林》的纪录片，讲的是 2009 年夏天，一位美籍华裔小伙选择仅仅依靠陌生人帮助，以一路"搭便车"的旅行方式，去德国柏林看女友的故事。其中有一句话，"有些事，你现在不做，永远也不会去做"，一下子击中了胡蓓蕾内心某个尘封已久的地方，让他顿时萌生了一个念头，也想去体验一下这种"在路上"的充满自由浪漫精神的独特旅行方式。

刚开始的时候，他只是想为自己的人生增添一次难忘的冒险经历，但一路走下来才发现，其实遭受过的拒绝、经受过的挫败感都不算什么，一路上遇见的好心人让他终生铭记：

在河南信阳，搭载他的陈师傅分别时给他名片，说以后需要帮忙尽管打电话；在青海大通收费站，几名工作人员帮他搭车三个小时；

在甘肃玉门，风大路滑，一位杨师傅刹车后滑行 100 多米停车搭载他……

如今如愿以偿的他，再次回味起这段特殊的行程，心底浮起太多的感动和温暖。面对亲人的抱怨，他深情而淡定地回答：没什么可怕的。如果你真心想做一件事，全世界都会帮助你！

隐性较量

19 岁那年，她遇上了人生中的第一场较量。那是一次全国范围的跆拳道选拔赛，赛场上短兵相接、硝烟弥漫。她暗暗发誓：我一定要打好每一场比赛，才不会辜负父母亲多年来的期望。

当年父母看她是个练武的好苗子，就勒紧裤腰带省吃俭用地供她，将她送进了市跆拳道训练馆。而她肯吃苦，也很用功，因为成绩优异、表现出色，她被抽调进了省跆拳道集训队。这场全国性的大型比赛对她来说，是机遇也是挑战。尽管对手之间的竞争异常激烈和残酷，但她这个山东女孩所特有的壮实体格和高大身板占了上风，再加上不服输的性格，所以一场场比下来，她凭着对机会的把握能力和在赛场上的狠劲，最终荣获全国跆拳道 65 公斤级季军。

这是一场夺名次、争人气的硬仗，她总算打赢了。

不久，人生中的第二场较量悄然而至。

在艰苦训练之余，她常常上网聊天寻乐子，以此放松因训练而紧绷的神经。渐渐地，她认识了南京的一个网友，两人谈得甚是投机。这个男孩言谈风趣，机智幽默，让她很是依恋，训练累了上网跟他尽情发泄倾诉一番，成了她内心最大的慰籍。后来通过视频，她见到了他的庐山真面目，小伙子长得颇帅，正是她所倾慕的白马王子型的！她不禁春心萌动了。当双方逐渐试探着互吐衷肠坦陈心迹后，竟然发展到一日不见如隔三秋的地步。陷入情网之后的她，训练也有些懈怠了。她有时也觉得这样下去，对不起一心盼女成凤的父母，可实在难以抗拒那份诱惑。她发现自己已经爱上了他，欲罢不能。所以，当他约她去南京玩几天时，

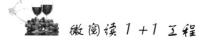

她毫不犹豫地答应了。

到南京后，他俩就同居了。很快，她就发现他根本没有可靠的经济来源，平日里竟然全靠扒窃为生。她骨子里是个很传统很守旧的女孩，既然委身于他，就抱着"嫁鸡随鸡、嫁狗随狗"的心态，心甘情愿跟他同甘共苦。他经常在公交车站或火车站附近游荡，寻找着下手机会；她则跟在他身后，充当起了"接货员"的角色，在扒窃过程中负责将他偷到的物品接走，事后他付给她一定的报酬。有时候，她也隐隐地意识到，其实这也是一场较量，是一场良知与欲望的较量，在这场看不见硝烟的较量中，对手就是她自己！好多次她都暗暗自责，觉得自己干的是不光彩的事情，想退缩，但她贪恋着他，实在舍不得离开他，只好一次次地自己让步，只要能陪伴在他身边就好，别的，也就不计较了。

这场较量被爱的华丽外衣所遮掩，她不仅没占到任何先机，反而放弃了主动权节节败退。她怎知道，人生中的任何一场较量都至关紧要，如果不负责任的话，无论什么样的严重后果都得你自己买单。

人生中的第三场较量来临了，快得出乎她的意料。

这天，她和他正在公交 43 路莫愁路站伺机扒窃乘客的手机，他们哪知道，南京公安分局的反扒民警早已盯上了他俩。在她身后盯梢的，是一位身高 1.8 米的民警，他一开始根本就没把这个女青年放在眼里，他当时觉得将自己在刑侦队训练的擒拿招数用在这样一位小女孩身上，实在有些浪费，用之不武。但是，当他快步上前一个"击腰锁喉"动作准备轻易就将她控制住的时候，却遭到对方反过来的一招力大无比的肘击，这一击正中他的肋骨，打得他痛彻入骨。这一来，他对眼前的小女子再也不敢小觑，简直另眼相看了。

"我是跆拳道专业选手，我看你们谁敢过来！"她朝扑向自己的民警叫嚣着放话。她这决不是在恐吓警察，这位曾经的全国跆拳道季军想为自己的爱情搏一下运气。怎奈，这是一场正义与邪恶的较量，尽管她想负隅顽抗，但是抓捕她的民警已将全部的看家招数统统使上，费尽九牛二虎之力也要将她绳之以法。这时，她一眼瞥见心爱的他早已被其他的反扒队员制服，心想：这下完了！不由得双腿一软，瘫坐在地。被累得气喘吁吁的民警乘机为她戴上了手铐。

看守所里，她向民警交待罪行时，眼角挂着悔恨的泪水。她说："如果不是在网络上认识他，我也不会来南京，更不会呆在看守所这个鬼地方，现在早在山东老家做体育教师了。"

人生没有回头路，每个人都得为自己的选择承担后果。日前，她已被白下区检察院批准逮捕，昔日的全国跆拳道季军再也不能在拳台上一展风姿，只能在铁窗中默默忏悔。

人生是一场竞技赛，轰轰烈烈的较量时刻都在上演。那些不见硝烟的隐性较量，尤其惊心动魄，譬如灵与肉、理智与情感等，有时可谓一种抉择，两样人生。

（刊发于《做人与处世》2010年6期）

逃亡之痛

　　一天深夜，19 岁的他，像个影子似的悄悄摸回了老家的那个村庄。当他来到熟悉的门口站定，想进去，却鼓不起勇气。爸妈此时肯定已入睡了，他感觉实在没脸见他们。这种有家不能回的痛楚，让他潸然落泪。就在他做心理斗争的时候，家里的狗突然发现了他，向不速而至的主人发出一阵狂吠。他害怕被村人发觉，心一狠折身便走，又返回到东莞打工。

　　家境贫困的他，小学毕业后就辍学了，开始踏入社会瞎混。那段日子里，他结识了几个关系不错的"好兄弟"，他们整天形影不离，白天四处游荡，晚上到网吧玩游戏。一天晚上，他们几人搭乘一辆出租车，相约前往相邻的县城玩。当出租车开出几百米，司机突然接到一个电话，声称有急事需返回家中，希望他们转乘其他出租车。司机的行为激怒了他们，其中一人二话不说，掏出随身携带的刀子砍向司机。他怕事情闹大，冲上前去挡住了那人，从司机身上搜出 200 多元钱和一部手机，然后扬长而去，藏匿进附近的网吧里。没多久，当地民警冲入网吧，将其余几人捉拿归案。由于民警当时没认出他来，使他得以侥幸脱身。

　　他在担惊受怕中度过了一夜，第二天便决定"走"，从此亡命天涯。他没敢告诉家里人，也没脸说。他将那部抢来的手机卖了，再加上抢来的 200 多元钱，搭乘汽车南下东莞，并用弟弟的身份证登记进入一家饰品厂打工。进厂打工后，他很少和人说话，担心别人问起以前的事。爱上网的他也很少外出玩游戏，害怕遇到警察查暂住证或身份信息。直到某天夜里，几名民警突然闯进宿舍，指名道姓大声询问着要找他。巧的是，一名年龄只有 16 岁的老乡为了进厂，借用了他本人的身份证，阴差阳错地被警方带走，而他再一次侥幸逃脱。当晚，他来不及收拾行李，翻墙逃出了工厂。

接下来的日子，他辗转流浪过很多地方。有一次，他实在熬不过思念，终于拨通了家里的电话。妈妈听到是他的声音，当即就大哭了起来，骂他不争气，爸妈为了抚养你们兄弟俩，已经很不容易了，可你却在外面胡作非为。数落完了，还是给他邮寄了 700 元钱，并叮嘱说，别惦记他们，家里一切都挺好的，需要钱用的话就给他们打电话。此后他只要没钱了，就会打电话向家里要。

这天，他辗转来到了北京。在通州的暂住地附近有很多老乡，他们并不知道他犯过事，都觉得他为人挺勤快，见了面总是打招呼，挺亲热的。这让他再也舍不得离开。可每天夜里，他都会整晚连续做噩梦，总梦见警察破门而入，将他按倒在地铐上手铐。每次噩梦醒来，他都会大哭一场，默默地祈求自己平安无事。

每当见到民警或警车，他都会绕着走，就连听到警笛声也会双手发抖。这种担惊受怕的生活，让他的精神濒于崩溃。好几次在跟爸妈通电话时，他们都暗示儿子主动去投案自首，父亲催促说：决定吧，早点服刑，早点出来。母亲也哽咽着说：犯了错事就要认错，我们一直希望你能去自首，然后争取早点出来，咱们一家人团聚。在妈眼里，你是个老实勤快的孩子，上小学三年级时还是班长，学习成绩也不错，只因后来你离开了父母，没有人管教，才学坏了……

他无言地听着，止不住流下了眼泪。他明白自己逃得了一时逃不了一世，最终还是要面临牢狱生活。其实在东莞打工时，他曾跑到当地一家派出所门外准备自首。但徘徊了半小时后，还是选择了放弃。他并非害怕坐牢，而是怕进去之后的几年里，自己的爸妈没人照顾呵。

终于有一天，他偶尔从一位老乡处得知，爸妈为了给他寄钱，已经向亲戚借了 4000 多元钱，家里人吃饭几乎没有肉。爸爸为了多挣钱，还要带着智障的弟弟每天上山去扛木料……

闻听此言，他竟傻了一般呆住了。一年多来，他不但没给家里寄过一分钱，反倒不断地伸手要钱，爸妈都一把年纪了，弟弟脑子又不太好，却都被他所连累，陪着他受这份罪。他暗自谴责着自己，再也抑制不住，痛悔得嚎啕大哭起来。

这一回他不再犹豫，下定决心去自首，出狱后好好地孝敬爸妈、善待弟弟。毅然走进派出所的刹那，他的一颗心变得如此宁静。抬头望去，眼前是一片辽阔的苍穹。

兰之漪冷饮店

吕保军

"——兰之漪漪，扬扬其香——"

店门口的扬声器，正播放着兰馨最爱听的歌儿——《幽兰操》。端坐在冷饮店内，兰馨感觉自己像个惟我独尊的女王，靠墙摆放的一溜电话机，是她开掘财富的"先锋部队"；冰柜里的雪糕饮料，是她财源滚滚的"主力战将"；货架上的烟酒零食，则是她搞活经济、拉动内需的"得力后援"。视野虽说小了点，只有十几平方，却是兰馨坐拥的天下，很有点指点江山的味道。

这间兰之漪冷饮店，是兰馨的全部希望。自从初恋失败以后，兰馨的心就灰了，连班也不愿意去上了。好不容易从情感阴影中走出来，爸妈特意为她盘下了一间门面，让兰馨每天有个事儿牵着心神，有利于忘却过去，重新开始。兰馨也很珍惜这次机会，每天的进出从不敢有半点疏忽。

稍有空闲，兰馨的眼睛就忍不住向外瞟。她在期待那个熟悉的身影出现。

三个月前，店内忽然走进一个身形高大的男孩来买烟。他接烟，付钱，却没有要走的意思，站在那儿没话找话地跟兰馨搭讪。他说他非常喜欢这首王菲的歌，小店起名叫"兰之漪"，肯定你的名字里也有个"兰"字，对吧？看兰馨讶然默认，男孩笑得一脸的粲然。

此后，男孩每天都会来买烟，然后赖着不走，有一搭没一搭地闲聊。

兰馨暗暗思忖着，这个看来顶多十八九岁的男孩，是干什么的呢？高中生？不像，学生娃不会这么悠闲，面对女生也不可能这么厚脸皮；打工仔？可他每次出现都穿戴整齐，头发也洗得很干净，还隐约散发着一股古龙水的香味。难不成，是个街痞子小混混？可他的眼睛如此澄澈明亮，没有一丝一毫的邪气。

兰馨暗暗告诫自己，管他什么身份，自己最好不要跟他纠缠不清就是了。

但是，男孩凝望兰馨的眼神是如此热诚而专注，他大胆地说，我喜欢你。

兰馨脸一沉，你才多大点的小屁孩儿呀，就说喜欢？我已经有男朋友了。

男孩很失落的样子，涎着脸追问，我真的没机会了么，兰姐？

兰馨逗他说，这样吧，给你个表现的机会。从今天起，你每天在我这里消费 10 元以上，能坚持到一百天的话，再谈这个话题也不迟。

兰馨想让男孩知难而退。每天消费 10 元的话，一百天至少也要一千块钱哩，他能舍得吗？兰馨以前的那个男友，结识了另一位家境优裕的女孩，就决绝地跟她提出分手。从此，兰馨再不愿相信这世上还有什么狗屁爱情。

没想到男孩却满口应允，好，一言为定。此后，他果真每天都来，每次都要买上 10 元钱的东西。男孩的执著让兰馨不好意思了，她很想告诉他，算了吧，我是骗你的，以后不要再来了。但兰馨又不愿意看到他失望的样子，只好就这么犹豫着，尽量对他不理不睬，好让他不至于越陷越深。

五天、十天、一个月……到了第 80 天的时候，男孩忽然没有来，接连数天都没有露面。兰馨暗乐，哼哼，坚持不下去了吧？她庆幸自己摆脱了他的纠缠，心中的一块石头终于放下了。

可兰馨还是忍不住要向外望，她已经习惯了男孩的出现。每当她感到乏味无聊的时候，男孩总会陪着她说话或逗她开心，哪怕只是玩世不恭的一瞥，也会给她带来一丝宽慰。现在，内心的失落超过了男孩此前所带给她的负担，想念着结识男孩以来的点点滴滴，她期盼着猛抬头，又会看到那张粲然的笑脸。他不会出了什么事儿吧？她不无担忧地想。

这天，兰馨刚要关了店门回家，一个打工仔模样的陌生人走来，他质问兰馨，你的男朋友脚受伤了，咋不去看望一下？兰馨起初被搞懵了，转念一想，就隐隐地猜到了八九分，她二话没说，就随他来到了附近的那个建筑工地。走进一间简陋的工棚，兰馨看到他正孤伶伶一个人躺在铺上发呆，一条打上夹板的腿，缠着厚厚的绷带。原来，他平时就在这个工地上打工，劳累了一天后，工友们开始叫嚣着赌博打牌，他嫌闹得慌，总是洗漱打扮一番，换身干净衣服出来闲逛，一边感受城市霓虹夜的繁华，一边梳理着烦乱的心事。正是青涩的年龄，哪个心头没有一些难以言说的隐秘呢？

看到她来，他使劲地揉着眼睛，以为自己在做梦呢。继而眼圈一红，淌下了伤心的泪水。他难过地说，对不起，我没能坚持到一百天，让你失望了。我知道，其实就算坚持到一百天，你也不会喜欢上我。并非我有意要造成你的困扰，我之所以这么做，就想证明自己曾经很用心地爱过一个人。可是，老天爷连这点幸福都不肯给我……

听得兰馨心头一酸，埋怨他说，出了这样的事，你咋不告诉我呢？好歹咱们也算认识一场吧？那一刻，兰馨打心眼里喜欢上了这个真诚的大男孩，她激动地走过去，将他的头使劲搂进自己的怀里，动情地说，我答应你，等你脚好了，以前的承诺依然算数。等到了第一百天，我答应做你的女朋友！

真的？男孩见兰馨郑重地点头，不禁破涕为笑。

两月之后，男孩一瘸一拐地朝兰馨的小店走来。老远就能听到王菲那深情款款的歌声，"——兰之漪漪，扬扬其香——"这久违的歌声，唱得他心底蓦地涌上来一丝温暖。这是他自脚伤后第一次走近兰之漪冷饮店。两个月来，兰馨每次做了好吃的，都会亲自送到工地一勺勺地喂他，并耐心地服侍他换药，那个亲热劲儿，像极了心疼丈夫的小媳妇，更像抚慰顽劣小弟的大姐姐，羡慕得其他工友们张嘴瞪眼直咋舌。在兰馨的精心照顾下，他的脚伤恢复得很快。这不，尽管仍未完全康复，他却有些迫不及待了。这天，他悄悄地靠近了冷饮店，想给兰馨一个出其不意的惊喜。

万没料到，迎接他的，却是数名一拥而上的刑警队员，他们迅猛出击将他一下子按倒在地。店内，兰馨捂着嘴巴隔窗观望，努力不让自己发出半点声音。

原来，他竟是个在逃犯！他的父母亲长期感情不和，母亲跟别的男人有了私情，父亲得知后，一怒之下砍死了奸夫，随后喊来 18 岁的他帮忙毁尸灭迹，然后父子二人双双潜逃。他逃到这里后，隐匿在建筑工地打工。前些天，他与兰馨在工地宿舍耳鬓厮磨之际，情不自禁地将自己的底细和盘托出，并恳求女友保密。兰馨一下子陷入左右为难的境地。一番思量之后，她预料着他的腿伤快要痊愈时，悄悄报了案。但她没有将男友的具体住址告诉警方，只说他一定会来店里找自己。最近几天，冷饮店附近总有警察潜伏着，只等他一旦出现立即抓捕。

兰馨不知道，小伙子其实早就想去投案自首了，只因在三个月前邂逅了她，才一直鼓不起这份勇气。他被推搡着押进警车时，挣起身子朝冷饮店大喊：兰馨——，我一点都不怪你！你快出来呀，让我再看你最后一眼……

兰馨跑出来时，已经泪流满面。她一字一句顿足立誓：弟！你在里面要好好表现，姐以前的承诺永远作数！我会等你回来……

 二丫看梨

八月里，果树园的梨子黄了。

往年爹最头疼的事，就是让二丫去果园看梨。每回刚一张口，二丫就嚷开了：又让俺去看梨，又让俺去看梨！俺不去！赶集多热闹，俺要去集上卖梨！

爹可就发了脾气：你不去谁去！你以为赶集卖梨很好玩么？

爹一发脾气，二丫吓得就不敢嚷了，仍撅着嘴小声嘟嚷：你们谁也不惦记着给俺去送饭，每回俺都吃不上中午饭！

爹牛眼珠子一瞪说，满园里的果子，还能饿着了你？

二丫顶嘴说，你整天吃那个试试？看顶不顶饥？

娘在一旁轻声软语地哄，乖女子，今天一定给你早早儿的送饭去！转身背着爹，悄声对二丫说：等会儿先给你煮两个鸡蛋，好不好？二丫这才顺从地点点头。

出乎意料的是，今年没等爹开口，二丫就像只欢乐的小兔子，一溜烟似的跑进了果园里。她从东头转悠到西头，拣熟透的梨子啃了皮，再握紧小拳头攥出汁液来喝。其实在果园里，二丫不缺乏乐子，她只是有点寂寞。她想，要是有个人来陪着自己说说话，一起玩耍，该多好！

数伏那天，二丫刚订了婚。二丫的女婿长得可秀气了！要是他能来就好了，二丫一定拣最好吃的蜜汁梨给他吃，想吃多少就吃多少，临走再让他装上满满一兜子。在这里，是她二丫说了算数！她仿佛看见女婿贪吃梨子的样子，看得她打心窝子里直往外冒甜水。

二丫说，你慢点吃，又没人跟你抢。

女婿说，二丫，你也吃呀，你怎么不吃？

二丫说，我天天守着哩，你吃吧。

二丫又问，我对你不赖吧？你喊一声姐姐好不好？女婿好像很害羞，不喊。她就非要他喊，再不喊就不让他吃了。如果喊了呢，今儿个吃这棵马蹄黄，明儿再吃那棵八月鲜。女婿羞得脸红红的，那馋馋的样子真可爱，他刚要喊呢，还没张开口，忽然不远处的树上有只老鸹"呀呀"地叫了两声，女婿就不喊了。二丫嗔怪地大声骂：死老鸹！滚一边儿去。

爹娘本来还替二丫担心，他们在集上听说邻村有个小闺女，被人强奸后杀死在果树行子里了。就有心不让二丫去看梨了，怕她出事。没想到二丫倒胆大得很，她说不怕，非要去。果树园子是她跟女婿心灵幽会的最隐秘所在，是二丫看梨的时候刚找到的乐趣，怎舍得不去呢。

爹娘哪能猜到二丫的心思？爹不放心地叮嘱说，二丫，若是看情况不妙，你就赶紧往西跑，那边不远就是树根家的果园子，树根他爹见天在那边盯着哩。二丫嘴上应着，心说：我才不跑哩。有我女婿在，他能不护着我帮着我么？

眨眼间天已过午，二丫一个人在果园子里感到非常无聊。大晌午的日头很毒很闷热，连风也是燥燥的。静，静得有些渗得慌。二丫独自在树趟子里走着走着，忽然感到害怕起来，仿佛不远处就藏着一个坏人。她忍不住小声叨咕着：女婿，你在吗？女婿，我的好女婿，你快点来陪陪我吧！我以后再也不让你喊姐姐了。只要你一来，我就不害怕了。

不远处，忽然传来沙沙的声音，是一个人的脚步声。脚步声越来越近，越来越近。吓得二丫屏住呼吸，连大气也不敢喘。当她看到一个男人的大脚时，吓得双腿一软跌坐在地。二丫突然喊出了声，她拼了命地叫起来：女婿，你快来救我！女婿——

那人原来是树根的爹，一个六十开外的老头子！他说：闺女你喊什么？蒺藜，蒺藜？敢是被蒺藜扎着了么？

二丫窃笑着站了起来。幸亏是个耳背的老头子！二丫做个鬼脸，小声回了句，你才被蒺藜扎着了呢。

树根爹见二丫做鬼脸，嗔笑着说，嘿嘿，这小闺女，真调皮！我来是看看你这里有没有人。他自说自话地咕噜了一阵，就转身走了。

二丫兀自觉得脸蛋发烧呢。

后来，二丫跟她女婿结了婚。女婿家的日子本来就窘困，婚后不久又分了家。俗话说，分家三年紧，这话一点不假。二丫的日子过得很是紧巴，她一毛一分地计算着从不敢乱花。可有一次她去赶集时，看到集市上叫卖的水灵灵的梨子，馋得心头痒酥酥的。到底没忍住，花钱买了一兜子。咽着口水强自忍了一路，回到家递给女婿先尝，女婿竟稀罕得什么似的，直嚷嚷着说，嗯，好吃，真好吃！

二丫猛然记起看梨的往事，打趣说，哼，你若是吃到我家果园里的梨子，那才真叫好吃哩。女婿不相信地说，是么？那你咋不叫我去尝尝？二丫认真地说，我叫你来着，你没听见。女婿以为二丫在开玩笑，就说，二丫你也吃呀，你怎么不吃？这句话，登时让二丫找回了当年看梨的感觉，遂顺口应道，你吃吧，我天天守着哩。话音未落，眼角已泛起甜蜜的泪光。

恍惚中，眼前已涌现出一大片苍郁茂密的果树园，黄澄澄的梨子挂满枝头。一忽儿，她和女婿在梨树丛中施肥剪枝；一忽儿，又在树行子里追赶着奔跑，欢笑声惊飞了一群鸟雀子。这座属于自己的梨树园，总浮现在二丫昼夜的梦里。女婿不知道，二丫其实早打算好了，她要承包村头那四十亩荒碱地，然后开园种梨树。她已托爹娘帮自己筹款子了。

这梦中的梨树园，寄托着二丫过上幸福生活的全部希望，也浸润着1985 年每个苦涩的日子。

（刊发于《椰城》2011 年 6 期）

小芹打工

中学毕业后，村里的伙伴们都陆续外出打工了，唯有小芹没有走。她说："俺娘就俺这一个娇闺女，舍不得让俺去遭那份罪。俺爹也说了，就算俺在娘家住一辈子，他们也养得起俺。"小芹说这话的时候，口气很是自豪。

没想到几天后，仅仅因为别人的一句话，竟让小芹也动了出去打工的念头。那天，有邻居来家里，偶然说起一个远房亲戚，想在老家找个勤快能干的女孩子帮着卖菜。小芹就插了句嘴："都卖啥菜？"

"啥菜都有，最多的是芹菜。"

小芹一听就怔怔地出了神。

原来小芹打小最爱吃芹菜，还被娘抱在怀里的时候，就贪恋着闻炒芹菜时散发的那股药香味。渐渐长大了，啥菜都不爱吃，却顿顿离不开芹菜，仿佛永远吃不够似的。

小芹十岁那年，有一次娘忘了炒芹菜，小芹就嘟着嘴不吃饭。家里确实没芹菜了，娘就给她炒了两个鸡蛋，巴巴地端到闺女跟前，没成想被她"啪"地一下打翻到地上了。娘气得恼不是骂也不是，只好走东家串西家借了两棵芹菜炒了，小芹才狼吞虎咽地吃起来。

看小芹大吃大嚼芹菜的样子，爹笑着说："赶明说啥也要留几分地种芹菜，让俺闺女吃个够。"

娘也附和说："是哩，山珍海味咱管不起，一点芹菜又不值啥！不就占点地么？种！"爹娘一商量，就在宽敞的庭院里辟出三分地，真的种上了芹菜。这样小芹想啥时候吃就啥时候吃，想吃多少就吃多少。

娘看小芹真动了出外打工的心思，有些舍不得；"看这闺女，多少好活儿都没动心，咋一提芹菜就来劲了？在家是种芹菜吃芹菜，到人家哪儿也是种芹菜吃芹菜，不一样？"爹倒开通，调侃地说："闺女大了，出去长长见识也好。再说咱家的芹菜老吃也厌了，想尝尝人家的换换口味。爹说的没错吧，闺女？"说得小芹的脸上腾起了一片红云，不承认也不否认。

　　可是小芹万万没想到，人家的芹菜吃到嘴里却不是个滋味，嚼得她满脸的泪水往下掉。

　　小芹坐火车倒汽车，来到了几百里外的一座大城市。她的工作就是每天天不亮起身，蹬一辆三轮车到市中心的摊点卖菜，过了晌午才能回。下午还要帮忙管理菜地，准备第二天的菜。

　　小芹喊亲戚两口子叔婶，她一口一个叔婶，叫得那个亲热。出门在外不像在村里，满眼看见的人多得数不清，她却不认识一个；就认识叔婶，小芹打心眼里跟他们亲近，干活也是实实在在地干，从没嫌过苦累。记得第一次进菜地时，小芹见菜地里有细溜溜的圆杆芹菜，也有粗壮壮的扁杆芹菜。小芹以前吃的都是圆杆的，从不知道芹菜还有扁杆的。到吃饭的时候，婶对小芹说："你去地里割些芹菜来吧。记住，要割圆杆的！圆杆的芹菜好吃。"小芹就感动得不得了。爹娘家里种的就是圆杆芹菜，圆杆的肯定比扁杆的好吃，看来叔婶待自己是真好，连吃菜也让吃好吃的菜，这份恩情可得记在心里。小芹在这里干得很卖力气。

　　哪知不久，小芹发现全弄错了。那些城里人买芹菜时专挑扁杆的买，起初小芹还笑：这些城里人不会种菜，更不会吃菜，连什么样的菜好吃都不知道。一次，来了位阿姨要买扁杆的芹菜，可小芹的车上只剩下一些圆杆的了。小芹的热情劲上来了，亲热而又神秘地说："姨，扁杆的芹菜不好吃。俺最爱吃芹菜了，听俺的没错，不骗你。"

　　阿姨脸上浮起盈盈的笑："扁杆的芹菜不好吃？那你平时卖多少钱一斤？"

　　"一元钱一斤。"

　　"你车上这圆杆的卖多少钱一斤？"

"一元钱二斤半。"

阿姨突然沉下脸来："这不结了！小姑娘还想蒙人，你当别人都是傻子哩！"

阿姨不是傻子，冷笑一声走了。剩下小芹却成了个傻子，愣在那里好半天没缓过气来。

小芹回去的时候已经天过午了。婶一见她就埋怨道："咋回来这么晚？快去地里割些菜来炒了吃吧，下午还有好多活等着哩。"

小芹没吭声，默默地去了地里，不一会儿手里拿着一把芹菜回来了。

婶一见小芹割的是扁杆芹菜，恼火地说："给你说过多少遍，咋忘了？这芹菜不好吃。"上来一把夺过去放在墙角，说："去，割圆杆的去！"

小芹像没听见一样，走过去拣起那把芹菜，声音不大但很有力："今天俺就想吃这不好吃的。"

婶没料到一向脾气随和、不声不响的小芹忽然执拗起来，一边又上去夺，一边没好气地厉声呵斥："放下，那不是你能吃的菜！"

她本以为一个看上去老实巴交的小姑娘能反了天，自己一声训斥还不乖乖就犯？可是她想错了，她不知道小芹已经憋了一肚子火气，更不知道小芹是个有心计、有胆量、嘴巴不饶人的女孩子。只见她一不慌二不忙三不带半点怨气，平静地说：

"咦，婶你这话可就说差了。这菜上又没贴着字，说哪是俺能吃的，哪是俺不能吃的。今儿俺还就想吃这扁杆的菜了。俺在这里起早搭晚的干了快一个月了，自认为这点菜还吃得起。实话说吧，要不是有亲戚介绍，打死俺俺也不来哩！既然来了，就是冲着亲戚的情面，俺可是从心眼里亲你敬你，难不成你拿俺当外人使唤了？"

这女人没想到小芹长着一张能说的嘴，一时语塞心又不甘："你……你大概是不想干了吧？"

小芹把洗好的芹菜放进油锅里，"滋啦"一声响，说："你今天给俺算了工资，俺明天就走。"小芹心想：就算马上让俺抬腿走人，俺也得把这扁杆芹菜吃到嘴里，才不枉出来这一回。她头不抬，看都不看婶一眼，顾自盛了一碗芹菜，抓了个馒头就着吃起来。

这一顿芹菜，吃得小芹眼泪哗哗的，她暗暗发誓：这辈子，再也不会碰它了！

当爹娘听说那亲戚竟因吃一把芹菜跟闺女闹了别扭，替小芹气不过。吃饭的时候，他们特意炒了四个菜：芹菜炒肉丝、芹菜煎鸡蛋、芹菜炖豆腐、芹菜拌粉皮——当然都是圆杆芹菜。小芹却始终没有动一下筷子。这下爹娘可着了慌，好像爱吃芹菜的小芹才是他们活泼可爱的闺女，一旦不吃了，就中了什么邪了，不像他们的闺女了。他们千方百计地诓着小芹吃芹菜，小芹只是对着桌上的芹菜呆呆地出神：她有点可怜爹娘，爹娘从未走出去过，吃了一辈子芹菜，却不知道世上还有更好吃的芹菜。

两年后，这个村里家家户户都种上了扁杆芹菜，县蔬菜公司在这里成立里芹菜定点收购站。乡亲们谁也没有料到，种芹菜竟成了自家的主要经济来源。而这一切都缘于一个不起眼的小女子，她当初只是想让爹娘尝到跟以前不一样的芹菜。

好多人都开始爱吃芹菜了。看到他们吃得那么香，小芹的脸上漾起舒心的微笑。而她自己，却真的再没吃过一回芹菜。

（刊发于《火花》2008 年 7 期）

最美的爱情有多美

生命垂危的时候，她忽然坦露出一个心愿：好想有个男孩陪伴自己走完最后的人生，让她体会一下世间最美的爱情，究竟有多美。

一

她得的是肾衰竭，病情到了必须做透析的地步。当父母鼓起勇气告诉了她的病情，她沉默了一会儿，哭了："为什么我这么倒霉？我还年轻，什么都没有感受到，就连什么是谈恋爱都不明白。"

伤心的一家人抱头痛哭。

父亲安慰她说："你放心，爸爸就是砸锅卖铁也要救你。"

但她很清楚，自己每星期需要做两次透析，每次都要五六百元。即便透析成功，以后进行肾移植，涉及到的手术费将是几十万元。在乡广播站工作的父亲，一个月工资才 1000 多元，弟弟正在老家的县城读高中，年迈的父母已经被自己这个病给拖垮了，难道还要连累得弟弟也被迫放弃学业吗？

小她两岁的弟弟读的是高三，在特重班成绩都是数一数二的，一定能考上好大学，那时得花多少钱啊！弟弟几乎每天都会打电话问候姐姐的病情，他只知道姐姐感冒发烧上成都看病去了。而她，总是轻松地对弟弟说："我在小姑这里玩，没事。你要好好读书，明年就高考了，千万不要松劲啊！"弟弟的回答总是让她高兴："放心，一诊考试我可是全年级第二名哦。"试想，当父母打算动用弟弟上大学的钱为自己治这看不好的病，她怎忍心让钱打了水漂呢？反正自己的希望也不大了，还不如将那点钱留给弟弟用。她拿定主意，坚决不再配合治疗，还叮嘱父母要保密："千万不能告诉弟弟。"父母硬是拿她这个倔强的女儿没办法，只有暗自垂泪。

随着病情的加重，她的双眼渐渐模糊起来，时常发烧说胡话。迷迷糊糊中，父亲听到了她隐忍在心底的愿望：好想有个男孩来陪伴自己走完最后的人生，让她体会一下世间最美的爱情，究竟有多美。

二

当她再次清醒过来，一个男孩沙哑的声音在耳边响起："呀，你醒了？"她问："你，是谁？"男孩说："我……是一个你不认识的人，我被你的坚强所感动，特意来陪你的。我……喜欢你！"

"真的吗？那你可不可以扶我坐起来？"她的语音里带着一丝轻微的颤抖。小伙子俯身过来，将一条壮硕的手臂伸到她脖子下，轻轻托着她的肩。她的脸就在他胸前紧贴着，一种男孩子特有的气息涌进了她的鼻腔。她兴奋地说："呵，我不是在做梦吧？终于有人喜欢我了！爸，请您告诉我，这究竟是怎么一回事？"

问得父亲喉咙一哽，老泪霎时溢满了眼眶。为了帮女儿一偿心愿，父亲思谋再三，想到了一个不是办法的办法。他抱着试一试的心态，找到市报社寻求帮助，报社记者很快写出了一篇情辞恳切的文章："谁能给病危女孩一份爱情，让她品味一下世间最美的爱情有多美？"

仿佛一石激起千层浪，这篇报道在读者心中掀起了不小的波澜，特别是女孩就读的那所大学里，更引起了很大反响，几十位男女同学陆续前来探望。在病房外，十几个男同学围住父亲，竞相表示愿意做她的陪护男友。父亲正犹豫着，背后忽然传来一个急切的声音："不，没有人比我更合适！"大伙循声望去，只见一位十八九岁的小伙子，一身风尘满脸倦态地立在那里。父亲看到他，不禁谔然一惊："咦，你……咋来了?"

原来，忙于高考的儿子，偶尔听同学讲报纸上的新闻，说成都医院里有个病危女孩在征陪护男友，儿子不由得心底"咯噔"一下。他让同学找来那份报纸，刚看了两眼，就放声大哭起来——这个病危女孩，是姐姐！他暗暗抱怨父母，这么大的事情竟瞒着自己，虽说是怕耽误他学习，可姐姐如果有什么闪失，他会负疚一辈子的。小伙子再也坐不住了，他请了假匆匆赶来，要守护在姐姐身边。但他来到医院，强忍着没去探望姐姐，而是先找到父亲，泪眼婆娑地将一路上想好的主意说给父亲听：姐姐的眼睛看不见了，自己打算扮演陪护男友，来偿她未了的心愿。父亲听明白了儿子的主意，沉吟片刻，提出了疑问："你姐姐会不会听出是你的声音?""放心吧，不会的。"小伙子这几天适逢感冒，喉头肿痛，再加上一路担忧心火上扬，嗓子已经变沙哑了，正好可以瞒哄姐姐。在他的执拗坚持下，父亲只好眼含热泪点头应允。于是，病房内上演了一段感人肺腑的姐弟恋情——

小伙子软语宽慰姐姐："别问这么多了，你要安心治疗才对。以后我每天都会来陪你，直到你彻底康复!"她长叹一声："我还能彻底康复吗?我现在只能整天躺在床上，眼睛什么也看不见。"他赶紧颤声鼓励："其实你不该轻言放弃，你知道吗?如果你不积极配合治疗，你的亲人有多难过，你弟弟……他有多难过……"

提到弟弟，她忽然浅浅地笑了。这几天，弟弟的身影总在她脑海里晃，她想起小时候，两人一起玩耍时，弟弟总像小大人一样保护她。弟弟懂事、孝顺、学习又好，等他读完大学出来肯定会挣好多钱，父母就可以脱贫了。可是，如果现在将钱都花在自己身上，弟弟就不能上大学，一家人将在贫穷的山村里没落一辈子，还有一辈子也还不完的债……这样一想，更让她坚定了不再治疗的决心。

突然，她感觉自己的手心痒痒的。——是他，在用小指甲轻轻地挠她的手掌心！这种麻痒酥酥的感觉，让她陡然浑身一颤。泪水，裹挟着一种五味杂陈的滋味，霎时漫漶了周身。

三

也许是爱的力量吧，她的病情竟有了些微好转，眼睛又能模糊视物了。再加上最近好消息不断，许多热心读者纷纷赶来医院慰问，积极为她募捐善款，这一切都给了她新的希望。此刻，她多想亲眼看一看那个可爱的陪护男孩，可父亲说，男孩是在校大学生，回去复习功课了，相信改天他还会来的。不过，他临走时千叮万嘱，要你一定坚强，早日战胜病魔，争取痊愈的那一天。"嗯，我会的。"她心情愉快地说，"我好想念同学们，好想回校继续自己的学业，也好想念弟弟，这么多天未见他，心里蛮惦记的……"

父亲默默地听着，暗自喟叹：多亏儿子及时赶来扮演了一回恋人角色，才让女儿又有了活下去的渴望，否则她不一定能撑得到今天。

父亲怎知，其实在她心底，早已清楚那个陪护男孩是谁。当他调皮地用小指甲挠她的手心时，她就一下子全明白了！因为小时候每当她不高兴，弟弟就喜欢挠她的手掌心逗她开心。那一刻，她只觉鼻子一酸，泪水决堤般溢出了眼眶：弟弟不惜抛下高三繁重的课业赶来，就是想传递给她生活下去的信心和勇气呵！男友是假的，爱却是真的。一丝别样的温暖，在心腔里久久地回荡，让她感觉很幸福：世间最美的爱情，究竟有多美？也许一如这份手足亲情般，令人踏实而感动吧。

（刊发于《青春》2011 年 12 期）

# 爱一路，歌满腔

一

从大二起，他就在演艺吧里做串场歌手，每晚七点半准时去演出，一首《真的好想你》被他演绎得缠绵悱恻。仿佛百唱不厌似的，每一次他都能把感情发挥到淋漓尽致。演唱时，他的眼睛在台下搜寻，下面有个让他意乱神迷的情影。其实每一次，这首歌都是唱给她一个人听的。有一次，他按捺不住内心的激情，大胆地当众吐露心声：《真的好想你》，这首歌，我要献给吧里一位漂亮的服务小姐。台上台下登时一片哗然，掌声四起。音乐响起来以后，却见她低头走开了。

刚上大一的她，也在那家演艺吧里的打临时工，她娇艳的笑容里总掩着一抹淡淡的哀伤，那双眸子因忧郁而显得雾蒙蒙的，让他心痛。其实他早就喜欢上了她，连做梦都想牵着她的手徜徉在日暮晨昏。

这天，他终于鼓足勇气向她坦陈心迹，却被她冷冰冰地回绝了：抱歉，我已经有男朋友了。他不相信地盯了她的眼睛看，看得她回避什么似的垂下眼睑，又说，不骗你，是真的。他心里一阵失落，但马上又猜到她是在搪塞自己，便追问：你男朋友是谁？在哪里？他为什么总让你一个人独来独往？让我每天护送你上下班，不好吗？依然被她客气地拒绝了，话音未落，袅娜的情影已飘出去老远。只剩他一个人怔在那儿，一任失落与沮丧钻心般咬噬的疼痛，令他尝尽为情所困的滋味。

二

还是忍不住去护送她，不过，他是偷偷地做的。转眼已是深冬，赶上加班她收工就超过 11 点了，冬夜街头人影稀少，清冷的风刮得脸颊生疼。他知道，她回家必须穿过一条偏僻小巷，那条狭长阴仄的小巷里没安路灯，且人迹罕至。一个女孩子走那样的路怎能不恐惧呢？万一遇到歹徒怎么办？所以每天等她下班后，他就与她拉开几丈远的距离悄悄地尾随在她身后，远远地望着她走到小巷尽头的出租屋里，他才往回骑。心，一阵舒畅与轻快；歌儿，不自觉地从嘴里飞了出来：真的好想你，我在夜里呼唤黎明。天空的云彩哟也懂得我的心，默默为我送温馨……是的，自从他爱上她以后，无时无刻不在想她，这满腔痴情真的能唤来爱的黎明吗？

有时曾想，倘若从小巷里突然蹿出个拎包贼或劫道的，会怎么样呢？她一定会吓得花容失色，大喊救命。那时，他毫不犹豫地挺身而出，敞开宽阔的怀抱给她当成最安全的避风港。可是立刻，他又骂自己卑鄙，怎能为了让女孩子接受，竟冒出来这么龌龊的念头呢？他一个人轻轻哼着歌儿往回走，丝毫不觉辛苦，心头反而漾满了一种付出的甜蜜。这个护花使者的角色，就这样被他悄悄扮演了整个冬天。

三

转眼已是春暖花开。这天，他突然收到了她的邀请，邀请他晚上去她的小屋坐坐。难道自己的痴情感动了上帝？受宠若惊的他有一种守得云开见月明的感觉。好容易盼到了晚上，精心梳理打扮了一番，他去了。

一进屋，有个面容清秀的男孩正躺在靠窗的床上。她说，让你来，是想介绍你俩认识一下，这是我男朋友。他错愕地怔住了。仿佛陡地陷入了深渊，心头那份失落就甭提了。一直以为她只是在拿男朋友搪塞自己，没想到，这一切竟是真的。

男友热情地跟他打招呼，身子却一直斜躺在床上。床头，立着一副崭新的拐杖。见他疑惑的目光盯着自己的腿，男友羞赧一笑，长长地舒了一口气说，一切都过去了。我的腿伤恢复得很快，现在可以在她的搀扶下慢慢挪动了。都怪我，车祸后腿骨受伤，没少让她受累……

她嗔责地打断了男友，说，又来了不是？你出了事，我怎能丢下你不管呢？那时候你正需要人照顾呀……说着话，她深情地凝望了他一眼，眼神很复杂。

男友央求她说：你今天心情好，要不要唱支歌呢？这大半年来，一直没听到过你的歌声了。又朝他友好地笑了笑说，你算来着了。以前在老家的时候，她就特别爱唱歌，她唱得可好了，比电视里的歌星唱得还好听哩。

他惊讶得瞪大了眼睛。她居然也爱唱歌？看她整日愁眉微蹙的样子，还以为她是个心事重重的女孩儿呢。只见她略带羞涩地瞅了他一眼，就大大方方地开口唱了。熟悉的旋律在房间里飘荡开来，竟然也是那首《真的好想你》："真的好想你，我在夜里呼唤黎明。天空的云彩哟也懂得我的心，默默为我送温馨……"

饱含深情的歌声，浸透了一个痴情女子殷殷的思念，和压抑了许久无处倾吐的心声。这首歌，因感情真挚、情绪饱满而被演绎得淋漓尽致，婉转的歌喉丝毫不亚于他这个专业歌手。他听得呆住了，半年来的前尘往事一幕幕浮上心头。他猛然明白，其实自己整个冬天的悄悄护送，她都知道，今天是特意借这样一支歌来表达谢意的。

一曲终了，男友调皮地眨眨眼，对他说：我还没听够呢。你也唱呀！听说你在演艺吧最爱唱的就是这首《真的好想你》了，今儿就让我过足耳瘾好不好？

他的脸颊倏地热了起来，原来她的男友也知晓一切。稍顿片刻，他就毅然唱了起来，不过不是《真的好想你》，他临时换成了张学友的《祝福》：不要问不要说，一切尽在不言中，这一刻很着烛光，让我们静静地度过……

这首表达真诚祝愿的歌儿，因他的忘情演绎而变得美伦美奂了。他在歌声里融进了发自内心的祝福，祝福一份天荒地老的爱情，更祝愿天下有情人终成眷属。

唱着唱着，眼睛突然发潮了。真的好想你，祝福过后，我还可以继续想你吗？迷蒙的泪光中，他望见男友脸上挂着感激的微笑，正在为这动人的旋律打着节拍。而她的脸上，不知何时已淌落两行晶莹的泪痕……

歌声甫歇，掌声伴随着青春的欢呼就溢满了那间小屋。

# 最后的母爱

今天是个令人高兴的日子。强强要和爸爸去看望外婆了！长这么大，他还是第一次见外婆呢。遗憾的是，妈妈却不跟他们一同前往。强强多么希望妈妈能陪自己一同回去，他耍赖般地偎在妈妈怀里央求。看得出，妈妈也很思念外婆，更舍不得强强离开，可她最终却没有答应。

临动身时，仍不死心的强强还在央告妈妈。爸爸阻止说，别再纠缠妈妈了，你纠缠也没有用，妈妈是不会回去的。细心的强强发现，爸爸说这话时，和妈妈交换了一下眼神。这是个让人起疑的眼神，让强强怀疑他们隐瞒着什么，却不让自己知道。

昨天，舅舅从遥远的老家打来电话，说外婆病了。妈妈一听难过得哭了，她焦急地问，不如我回去一趟吧？可病中的外婆竟一口拒绝了妈妈，口气那么坚决：你，你要敢回来，我就死给你看！妈妈没办法，只有呜呜哽咽。后来妈妈没有坚持回去，只让爸爸带强强去探望，以此缓解外婆的思念之苦。强强纳闷地想：外婆病了，为什么不让妈妈回去探望？这么多年来，难道妈妈一次也没回去过？这究竟是为什么呢？

到了老家，强强受到舅舅一家的热情招待。外婆抹着眼泪，一把抱住强强左看右亲的，舍不得撒手，言谈话语中流露出对妈妈的想念。这情景让爸爸异常难受，他试探地说，要不，让小强妈妈回来一趟吧。急得外婆把手摇得拨浪鼓似的，说："不要！不要！常通电话一样的，知道你们在上海过得好，我就放心了。如今见到了亲外孙，我简直高兴死了！"扑进外婆怀里的强强却有点想妈妈了，如果妈妈在身边，该多好

啊，外婆一定更加高兴。

哪知两天后，妈妈竟突然回了来。她跟外婆母女相见，抱头大哭，哭得像两个泪人似的。哭泣的妈妈还不忘把强强搂进怀里，生怕他会人间蒸发掉一般。外婆对妈妈说，我正为你担心，强强从小没离开过你，怕你熬不过思念回来。看看这不，你到底还是回来了！妈妈眼圈红红地说，妈，你别赶我走，让我多陪您几天吧？外婆只是掉眼泪，没言语。

转眼过了一天。这天中午，强强想出去找小朋友玩，可妈妈非要他午休。妈妈像哄小孩子似的搂着强强睡觉。就在他刚有睡意的时候，就听轰隆一声，那堵砖墙朝着他和妈妈这边倾倒过来。妈妈大叫了一声：快，地震了！睡意朦胧的他刚爬起身，上面的水泥板又压了下来。强强喊了一声妈妈，就什么也不知道了……

当强强再次醒来，他看见了死里逃生的爸爸、外婆、还有舅舅。他们都围在一副担架旁边，担架上躺着的正是妈妈——她被救了出来，可是已经不行了。原来危急中，妈妈一把将他拉到身子底下，用膝盖和肘部搭了个安全的"临时房子"，而自己背上却承受着千万斤的重量。尽管不知儿子是死是活，她依然把那个姿势硬撑了足足五个小时，直到获救！——妈妈后背的肋骨几乎全断了，膝盖和胳膊肘都已软化。强强趴在妈妈身上号啕大哭。外婆抽噎着抱怨：说不让你回来，你偏要回来。看看遭了这么大的灾！

强强这才弄明白外婆不让妈妈回家的原因。妈妈小时候，外婆为她算过命，说妈妈长大后不能在老家待，否则有血光之灾。迷信的外婆信以为真，一直让妈妈在外地上学，毕业后又张罗着要把女儿远嫁。后来妈妈果然嫁到了上海，尽管觉得此事有些荒唐，但为了不让外婆忧心，十几年来从未回来过。

冥冥中，似乎妈妈是专程赶来救儿子一命的。当年她曾向外婆发毒誓说，一辈子不回老家。是什么让她突然改变了主意，竟弃一切于不顾地赶了回来，以致谬语成谶？妈妈深情地望着强强，气若游丝的说，多亏我回来了，要不然……我不后悔！……

妈妈永远的走了！强强和爸爸回到上海整理妈妈的遗物时，发现了妈妈写在当晚的日记。原来，那天晚上，妈妈突然做了个噩梦，她梦见儿子血肉模糊地躺在自己的怀里。母性的敏感让她觉得儿子可能有危险，她再也坐不住了，顾不得多年前的誓言，死也要连夜赶到儿子身边。

　　捧着妈妈的日记，强强泣不成声。妈妈是冒着生命危险，给了他一份最后的母爱呵。

会飞的烧鸡

　　江小雨从老家回来，校门未进，就直奔汽车站附近的烧鸡店，他与好朋友刘睿约好在这里不见不散的。今天是刘睿妈妈的生日，他们俩商量好要一起给刘妈妈过生日的。在等刘睿的间隙，细心的江小雨还不忘拐进附近的蛋糕店买了个大大的生日蛋糕。

　　不一会儿，刘睿赶来了，看到江小雨手里的蛋糕，满意地点点头。江小雨催促说："快走吧，咱们可别迟到了。"

　　刘睿一指烧鸡店："我还得买上一只烧鸡呢。"

　　江小雨调皮地眨眨眼："我说你咋约在这里呢，早有预谋呀！"

　　刘睿得意一笑："那当然。你不知道，我妈最爱吃这里卖的烧鸡了。"

　　江小雨懊悔地一搔头皮："咳，你咋不早说呢？"

　　原来，为了及时赶回来给刘妈妈过生日，寒假还未过完，江小雨就急着要返校。江妈妈舍不得儿子走，百般挽留不住。临上车的时候，江妈妈非要儿子带上一只烧鸡，她用哀求的口吻说："儿子，我特意给你买的，路上饿了垫垫肚子，快拿着吧。"小雨是真的不愿意带，一个大小伙子，下车要见好朋友的，拎着一包油腻腻的东西算怎么回事？可母亲那种眼神，让他不忍再拒绝。刚上车不久，他就把烧鸡转赠给了一位上岁数的奶奶，乐得那老太太合不拢嘴，连声夸赞这孩子心眼好。

　　刘睿听完，杵了江小雨一拳："真是个败家精！不过，就算你拿来了，也不一定对我妈的胃口，"他指了指背后的那个招牌，"多年来，我妈就好这一口！"

　　果然，刘妈妈见到烧鸡，乐得眉开眼笑的。蛋糕只象征性地尝了一口，烧鸡倒吃了大半拉。她一边吃着，一边赞不绝口："啧啧啧！闻着这个香哟，煮得这个烂哟！吃来吃去，还是这个烧鸡最地道呀！小雨，下次别忘了也给你妈妈买一只尝尝，可好吃了。"

江小雨答应着，转头朝刘睿挤眉弄眼的。刘睿撇嘴说："哼，有一百只鸡怕也不够他送人的！"

刘妈妈没听明白："你说啥？"

江小雨想岔开话头，可刘睿偏要说，江小雨就上前咯吱刘睿，两个人闹成一团。刘妈妈喷笑道："看这俩孩子！"

回到宿舍，已是晚上 9 点钟了，江小雨翻来覆去怎么也睡不着。他脑海里浮现出刘妈妈香香地吃烧鸡的样子，不知怎的，有一个刹那竟恍惚觉得那是自己的妈妈。如果能亲眼看到妈妈这么香甜地吃烧鸡，该有多么幸福！可是妈妈买了烧鸡，自己不舍得吃留给了我，我却转赠别人了！江小雨忽然非常想念妈妈，他不停地拨弄着手机，满怀歉疚地拨通了家里的电话。立刻，传来妈妈惊喜万分的声音：是你吗儿子？你终于想到主动给妈妈打电话了，妈妈……真是太高兴了！那只烧鸡你吃了吗？好不好吃啊？

我……我……江小雨呐呐着，心里难过得涌出了泪花。突然间，他想起刘妈妈叮嘱的话，暗自决定：明天就去买只烧鸡，也让妈妈品尝一下自己的孝心！想到这里，他心头一激动，连说话都语无伦次了："妈！烧鸡……我明天就给您寄回去……"

合上手机，一阵困意袭来，江小雨和衣钻进了被窝。妈妈，过不了几天，一只更好吃的烧鸡就会飞到您手中啦！嘴里这么咕哝着，人已进入了美美的梦乡。

燕子叫哥

　　燕子小时候，是哥哥的跟屁虫。她梳着两只羊角辫，胖乎乎的脸蛋上一边一个小酒窝儿，撵在强子屁股后头，翘起小嘴唇"哥哥，哥哥"地唤个不停，由于发音不清，"哥哥"喊成了"朵朵"。强子最爱逗妹妹喊"朵朵"了。

　　有一次小燕子病了，强子瞒了爹娘，跑到很远的林场里偷来几个杜梨给她解馋。看妹妹因为馋杜梨暂时忘记了病痛，强子揉着被树枝刮破的胳膊肘，欣慰地笑了。他那时也就十一二岁，就懂得事事顺着妹妹，让着妹妹了。

　　又过了几年，兄妹俩都长大了。燕子这时候却懒得叫哥了，张口闭口直呼强子。这一年，村里的女孩子时兴穿鸭绒袄，强子偷偷卖掉了心爱的绵羊，特意给她买来一件。他想让燕子喊一声哥。燕子眼里掠过一抹惊喜，娇嗔道：俺就喜欢烟灰色的！强子将鸭绒袄亮到了她眼皮子底下，这不是烟灰色的？燕子嘴一撇说，你这是跟绛紫差不多的颜色，我要的是抽烟时那个白亮亮的烟灰色！

　　娘在旁边看不过眼了，骂道：死妮子，知足吧你！为了给你买件鸭绒袄，你哥把心爱的绵羊都卖了！

　　燕子并不领情：卖了好，省得他见天赶着下地了，他还得感谢我哩。

　　强子听了在一旁只憨憨地笑。

　　一转眼，到了燕子成家的年龄。强子陪送她的嫁妆是最多的，也是当时最体面的。那时，强子在镇上开着一家照相馆，为燕子的婚事，强子四处张罗跑前跑后地忙碌，没少耽误生意。燕子看在眼里，心头热热的，可一个即将出嫁的女子，需要打理的事情太多了，整天忙得头昏脑胀的燕子，对于强子的殷勤自然无暇理会，好像一切都是理所当然的。何况，燕子脑海里已被新婚丈夫的身影占满了，她心里全是对美好未来的憧憬呵。

结婚后的燕子，随丈夫去了城里打拼。强子很高兴，有自己的嫡亲妹子在，往后买照相用的耗材，就不用他亲自往城里跑了。所以他隔三差五就打去电话，要燕子两口子帮他买东西，今天要一捆冷裱膜，明天要十几本相册，后天又要几十个相框，反正没个消停时候。他哪知道，为这事，燕子两口子可没少拌嘴。

次数多了，弄得丈夫心里挺烦的，就抱怨说：你哥真是的，他一个电话就折腾得咱们东一头西一头地跑。

燕子只好温言软语地哄：知道你辛苦了！有啥法子呢？支使咱还是支使得着啊，他怎么不去支使别人哩！

可丈夫不高兴了，以前他不忍心身体孱弱的燕子受累，每回都亲自出马；这回却撂了挑子：你哥的事儿，往后你自己去！

燕子赌气说：好好好，以后不劳你大驾了，我自己去！可这气还真不是赌的，燕子买了东西赶到汽车东站，望着脚下两捆冷裱膜，愣在那里犯了愁：她根本扛不动！更别说还要穿越候车室放到客车上了。好在丈夫抱怨归抱怨，仍随后跟了来，粗壮的胳膊一揽，把东西挟起来就走。

燕子以为丈夫想通了，耐心地解释：咱给他捎东西不容易，毕竟他亲自来一趟更不容易吧？

丈夫不耐烦地嚷道：好了，你看我不是也忙嘛！正好今天你回家，跟他说，这是最后一次，以后甭指望我为他跑腿了！我这儿还忙得脚打后脑勺呢。丈夫帮燕子把东西放到客车上，扭头风风火火地走了。

弄得燕子又心疼起丈夫来。燕子一进家，就没好气地喊强子，再买东西你自己去吧，俺们不愿意给你捎了！其实话一出口，燕子就后悔了：都是出嫁的人了，咋能还这么由着性子口无遮拦呢？强子倒是没生气，只说，不给捎就算了，知道你们也捎烦了！可他脸上分明笼着一层淡淡的感伤。

九十九只彩线娃娃

以后几个月，强子果然没再让燕子捎东西。燕子的神情变得郁郁的，任凭丈夫怎么讨好，燕子也难得给他个笑脸。丈夫故意逗她：坏了，看来你哥真要跟咱断亲了！一句玩笑话，竟让燕子呜呜地哭起来，惹得丈夫哄了大半天。

转眼到了燕子怀胎十月、一朝分娩的时刻。因为是早产，两个年轻人都慌了。燕子说：你给我哥打个电话吧。

丈夫说咱没给他捎东西，你哥会来吗？

燕子疼得声调都变了，一个劲地催促，你打呀，快打呀！

一个电话，强子立马从乡下赶了来，由于丈夫没说清楚在哪个医院，是强子转悠了好几家医院才找到的。强子打开了肩膀上扛着的包裹，里面包的是小被子、小褥子，还有一整套婴儿的小棉袄裤，原来他预料到燕子来不及准备，早就吩咐妻子赶做出来预备下了！燕子再也无法抑制住悲伤，"哇"地一声大哭起来。

"哥，哥——"泪流满面的燕子不停地叫着、喊着，由于抽噎发音不清，仿佛又成了"朵，朵——"的了。

强子抹了下眼睛，欣慰地说："不容易，终于听见你喊哥了。"他脑海里浮现出燕子小时候梳羊角辫的模样，忍不住故意笑话她，"都是当妈妈的人了，还哭！"

这句话，让燕子的泪水流得更欢了。

（刊发于《椰城》2011 年 6 期）

半杯茶香

六点钟，她准时走进了那家"午夜梦回"茶吧。大厅里回荡着舒缓悠扬的曼妙音乐，空气中弥漫着一丝淡淡的浪漫情调。依然是那个靠窗的位置，依然是一杯散发着幽香的清茶，她开始陶醉般地轻啜细品，尽情享受黄昏时分这段惬意悠闲的美好时光。

从她这个位置，恰好能看到吧台内那个顾长的身影。往常她刚一坐下，他就会递过来一个会心的微笑，同时手执一杯香茶踱过来，坐到她对面，陪她一起共饮闲聊。别看小伙子如此年轻，却是这家茶吧的后台老板，他那阳光般纯净的、可以秒杀少女无数的笑容，即便自认已心如死灰的她，也常常情不自禁地心跳加速。而今天他大概太忙了，连她走进来都没顾得上抬头瞅上一眼，他白皙的脸上凝着一丝较真的神情，平添一份咄咄的英气，令她的心微微疼了一下。

她第一次来这里，是男朋友跟她谈分手。她静静地坐在这个位置上，等男友走后，眼泪一如九天飞瀑般悄然淌落。这时，一杯香气馥郁的清茶递到眼前，一个好听的男中音轻轻抚慰说，哭吧，哭出来就好了。她抬起泪眼一瞥，是个阳光帅哥。当她好不容易收住眼泪，发现他担忧的目光一直凝视着自己，不禁又羞又急又难过，泪水止不住又淌落下来。

后来，她就喜欢上了这里，喜欢在下班之后来这里喝一杯清茶，舒缓一下劳乏的身心，更多的是希望能看他一眼。每当她回想起那次他亲手奉上的香茶，心头总会隐隐地漾起一股温暖。他呢，很显然也记住了她，每次看见她总会先递上一个迷人的微笑，算是招呼。然后，亲自过来为她沏茶。渐渐地熟了，她开玩笑地说：你呀，真小气！为什么斟给我的茶水总是不满杯？这么会算计，怪不得你生意如此好。

他粲然一笑，说：你没听说过"七酒八茶"一说么？斟酒只须七分满，倒茶要留两分空。也就是说，为客人沏茶要留两分空杯，只要八分满就可以了。这是对客人的敬意呀，我怎能坏了规矩呢？

一番话说得她哑口无言了，心底却蓦地升腾起一丝爱慕之情。是这里的环境太幽雅温馨了吧？或许茶吧，本来就是个容易滋生恋情的场所？不知不觉地，她发现自己竟然悄悄喜欢上了他，喜欢他沏的那杯八分满的清茶，喜欢在他茶吧里消磨掉的那些美好时光，更喜欢飘逸着幽幽茶香的浪漫氛围。假如有一天，自己成了这家茶吧的老板娘，会怎么样呢？与他一起用心地经营小小的茶吧，不需要多么红火，不需要多么有名，只要两个相爱的人厮守在氤氲的茶香里共度一生，想来也很不错的吧？

可是这天，她却发现他身边多了一个俏丽的身影。那是一个娇媚可人的女孩儿，依偎在吧台边看着他忙碌，一只纤纤玉手关切地搭在他的肩膀上。而他在百忙中仍不忘仰起脸庞去蹭一下肩头，女孩儿便鸡啄米般俯身给他一个长长的吻。

她的心，猛地抽了一下，很疼。她掩饰般地捧起快要凉透的茶杯，轻轻地啜饮。

原来，她只是他的一个普通茶客，如此而已。这次她来，本想告诉他，公司要抽调几个人去南方发展业务，她也在其中。但是她不想去，她宁愿留下来，哪怕被公司炒鱿鱼也在所不惜。因为她舍不得他，舍不得那杯只有八分满的清茶，就为了他这半杯香茶，她也要想办法留下来。可如今看来，这个想法有多么可笑，自己根本就是个多余的人！

这时候，她又发现他为那女孩沏了一杯茶。女孩的那杯茶，被他斟得满满的，是满满的一杯浓茶！她觉得自己的心在缓缓地往下沉陷。半杯情谊满杯爱，在这一点上他倒是泾渭分明呵。

一杯八分满的清茶，是有所保留的。她在他的心里，只有友情，没有爱。他的爱，留给了身边的那个女孩，他恨不得将满腔爱意全部倾倒给心爱的人。如此看来，她与他之间，如同这杯八分满的清茶，只有半盏情缘而已。

一丝失落的怅然，瞬间充溢了心腔。拎起包，她慌不择路地朝外走，脑海里轰鸣着飞机起飞的声音。明天，她会随同事一起赶往南方的分公司。也许离开，就是最好的结局。

　　临出门的一刹，她情难自禁地又回转头，想最后再望一眼那张帅气的脸。孰料，却看到了最不该看到的一幕：两颗头颅已经纠结在一起，他正拥抱着那个女孩激情热吻……

　　奇怪的是，自始至终她没有产生半点怨恨之意，心头氤氲而起的，竟然是一缕清气馥郁的茶香。这一点，连她自己也很惊讶。

（刊发于《新晨报》）

娘是党员

我9岁那年的一天，当我放学回到家，娘把窝头和米汤端上来时，我一看没有下饭的菜，就嘟着嘴坐在那里，不吃也不动。

娘早猜透了我的心思，说："好孩子，先将就这一回吧，今天实在弄不出菜来给你吃了。"

我觉得委屈。以前也常有没菜吃的时候，娘就抓把白面调成面糊放点盐炖碗面酱当菜，或把酱油、醋兑在一起淋上几滴油花儿，用窝头蘸着吃，也能凑和一顿。可这段日子，家里连一把白面也找不到了，盛盐的钵子空了，装酱油醋的瓶子也底朝天了。以往到了这步境地，娘就会给我两毛钱，让我去镇上酱菜铺里买咸菜，回来切成小片，放进汤碗里一样吃得津津有味。我跟娘要钱，又想去买咸菜。

娘迟迟疑疑地说："咱家里没钱了。"

我不肯相信："我知道窗台上那个瓦罐里有钱。"

娘面有难色地说："那钱，是要交给组织的，好不容易攒够了，不能动。"

我可不管什么组织不组织，只知道没菜的饭咽不下去，我开始默默地抽泣。

娘见我掉泪，心疼得连连跺脚，说："好孩子，听话。改天等咱家的鸡下了蛋，煮一个给你吃。"

我撅着嘴说："你糊弄人！等鸡下了蛋你又该拿它去换盐了。"

"这回不换盐。"

"不换盐，你又该卖了鸡蛋买酱油醋了。"

"这回也不买酱油醋。"

"不买酱油醋，你又该拿鸡蛋换小葱了。"

"也不换葱，这回先煮一个给你吃。娘说话算数。"

我听了极不情愿地端起碗开始喝汤。

这时，一个络腮胡子的人拿个本子到我家来了。娘赶紧从瓦罐里拿出一沓子毛票来，点了一遍，递给那个人。娘说："咳，想多交几毛钱，可就是凑不上来。"那人说："能按时交，这就已经不错了。有个别党员，得我三趟两趟地催哩！大家的日子确实苦啊！"说完就告辞，走到我身边还摸了摸我的头。

我跟着他走到大门外，把着门框眼睁睁地看着这个人拿着我家那一大沓子毛票越走越远。我"啪"地一下把手里的筷子扔到地上，"呜呜"地哭起来。

娘没作声，从地上捡起来洗干净了，又递给我说："别哭了，汤都凉了。为了攒这几块钱党费，娘知道让你忍了不少委屈，可谁让娘是个党员哩！"

娘是党员？我用一双泪眼仔细打量着娘。我想起电影里那个被敌人严刑拷打、宁死不屈的共产党员江姐，也想起课本里那个死在敌人铡刀下的小英雄刘胡兰，难道娘是她们那样的人？可从未听娘说过什么豪言壮语，也从未见娘做过什么轰轰烈烈的大事，我觉得娘有点像又有点不像。

直到娘去世那天，竟有那么多的人来给她开追悼会，乡政府的、村委会的，还有村里的全体党员，我才知道娘年轻时是村里的先进分子，曾领着姐妹团到处慰问宣传；后来娘又当上第四生产队的包队支委——正像那篇悼词里说的："她一生忠诚党的事业，听从党的安排，平时为人厚道，和睦乡邻……"

是的，娘只是偏僻乡村里的一名普通党员，没有豪言壮语，没做过轰轰烈烈的大事，但我觉得娘的一生最伟大的地方，就在于她始终没有忘记自己是个党员。

（刊发于《生活时报》）

父亲的轴画

父亲伫立在上房屋的正中央，他挑剔的目光越过眼镜片的上方，定定地落到墙壁上。那副认真的样子，像极了沙场阅兵的将军。看我确实将墙上的轴画挂正了，这才缓缓地开口下令，嗯，好了，壁橱里的那幅轴画，也拿出来吧。

巷子里传来谁家孩子放鞭炮的脆响，的确有些过小年的味道了。我试探着打岔说，爹，今天腊月二十三，咱家也该包饺子了，您想吃啥馅儿的？父亲没有搭理我，他自己转身过去，吃力地朝壁橱俯下了腰身。见此情景，我知道拗不过了，赶忙帮他打开了壁橱，翻出那幅珍藏已久的轴画，递给他。心，一下子揪紧了，我知道父亲肯定又会对着它惆怅哀叹上大半天。

在我们冀南乡下，临近春节时，家家都要张挂一幅家堂轴画。可是没人知道，在我家里却有两幅这样的轴画，其中一幅，每年腊月二十三都会挂到上房屋的墙上；另一幅则被父亲藏进壁橱里，一次也没有挂起过。

其实家堂轴画不是画，是供奉列祖列宗的牌位。起初它是画在一张九尺长、三尺宽的大幅宣纸上的，后来像赶风潮似的都把宣纸换成了同样大小的白布，这样就更能久经岁月、不易破损。画面上当然一律是富丽堂皇的：高门楼，三进院，松柏掩映，石狮雄踞，朱漆大门半掩，大红灯笼高悬，门前石阶上还有一小孩正在放鞭炮。画面的主体部分，是一张摆好香烛供品的八仙桌，桌上方全是一条条的长方空格，里面填写着本家世代先人的姓名。春节期间，一日三餐前，当家人总要在轴画下摆上几盘糕点水果，燃起香烛，在冉冉上升的香雾里双手合十，虔诚地祷告祭拜，以慰先人。家堂轴画从腊月二十三祭灶前挂上，一直要挂到过了正月十五才卷起来搁好。

父亲画轴画，在附近十里八乡是出了名的，可以说差不多每家挂的轴画都是他画的。只要扯上一幅白布送到家来，过不了十天半月，准能让你取走一幅满意的轴画。这么多年来，父亲画的轴画数不胜数，但真正能够令他自己满意的，却只有珍藏进壁橱里的那一幅，那是他花了几个月的时间精心画成的。二十年来，每年腊月二十三挂上轴画以后，父亲都要把它从壁橱里拿出来端详一番，只有父亲心里最清楚，他要把这幅轴画送给谁。

尘封的记忆之门每每在那一瞬间骤然打开，历历往事就像溪水中的落花，异常鲜明地涌淌而来。

那是一九九〇年秋末，一个消息像长了翅膀传遍了全村：四十年杳无音信的张五伯从台湾回来了！从小跟他一块光屁股长大的父亲，听到消息后异常兴奋，念叨着抽空一定要去看望他。这天，父亲正在家里作画，门外走进来一位西装革履的老者。父亲正愣怔间，那老者快步上前，一把握住了他的手。父亲也认出了这位少年伙伴——张五伯！老哥俩久别重逢，一时竟无语凝噎。好久好久，他们才平静下来，在凳子上坐下开始叙谈别情，追忆往事。张五伯望着父亲画的家堂轴画，感慨万分地说："好久没有看见它了！如今看见它就像看见了亲爷娘，真亲切呀！这么多年来，老是感觉自己像一朵飘蓬，孤孤单单地随风晃荡，每逢过年我在台湾就更加思念亲人，但只能遥望故乡，对空顿首，要是有一幅家堂轴画该多好啊！一幅家堂轴画就是一部家族史，人人都能从上头找到自己的根哪！"父亲默默地听着，暗自记在了心里。

两天后，张五伯要走了。当他在众乡亲的簇拥下手提皮箱走到村头，再一次回望故乡时，他看见的是气喘吁吁的父亲。父亲急匆匆地赶来，把连夜赶画的家堂轴画递给他，歉疚地说："由于时间仓促，没有画好……"张五伯望着父亲一双熬红的眼睛，泪花在眼眶里打转："这是我收到的最贵重的礼物！它代表着父老乡亲的一颗盼归的心哪！回去后，我要把它好好地挂在客厅里，让儿女们看，让朋友们看，让每一个身穿洋装、心系故土的人都到我家来看看，缅怀长眠地下的列祖列宗，感受一下什么是血脉相连的家族！"

张五伯走了，父亲却像丢了魂似的满村子乱转。他心里默念着张五伯说的话，后悔没有把那幅轴画画得更精致些，这成了他的一块心病。可当时时间那么紧，怎么能赶画出来呢？后来父亲花了几个月的时间又精心画了一幅，珍藏进壁橱里。每逢过年挂轴画，他就会把它拿出来，边端详边念叨："此时，你张五伯也正在张挂轴画吧？他的亲友同事也许都想得到一幅这样的轴画呢！"

光阴荏苒，父亲一年年苍老了，毕竟岁月不饶人哪！今年还没到腊月二十三呢，父亲就多次取出那幅轴画端详，他拉长了无限感喟的调子说："最近这些天，我总做一个相同的梦：天上艳阳高照，空中鸟儿啁啾，身旁百花盛开，似乎我与你张五伯都还是少年青涩模样，正在村东那条小河边一起嬉笑打闹哩"……

父亲长久地抚摸着手中的轴画，脸上挂满了落寞地感伤。

（刊发于《新课程报·语文导刊》）

# 遍 家 鞋

我老了。老得连鞋底都快要纳不动了。捏在手上的针线老跟僵直的指头较劲，不听使唤。"滋啦，滋啦——"抽扯棉绳的声音像是负载爬坡的老牛喘气，令人发闷。可我必须得纳，一双接一双地纳。遍家鞋，遍家鞋，缺少哪一个的能叫遍家鞋？

打袼褙纳鞋底。裁黑条绒布作鞋帮。上鞋的棉绳、沿鞋口的细白布，还有松筋带等一样也不能少。鞋样儿么，现成的，在心里头搁着呢。上眼一瞅多大的脚，就知道该穿多大号的鞋。做一辈子鞋了，这点本事儿还有。这做鞋，更像是在还愿，没有人强迫，完全发自内心。让家里的每个人都穿上我做的新鞋，这是我在临闭眼前许下的愿。

我埋头做鞋的时候，一个刚过门的俊俏媳妇也比赛似的在做遍家鞋。她白嫩的沁出汗珠的脸颊上漾着笑意，一双灵巧的手上下翻飞，快速地抽扯着长长的棉线，"滋啦，滋啦——"的响声仿佛一支动听的歌谣，不知疲倦。她像个剪影似的浮在我的脑海里，浮在我苍老的记忆中，让我倦怠的心情一忽儿轻快，一忽儿歉疚。虽说我不如她纳得快，不如她做得好，但她有一样不如我，她做遍家鞋完全出于私心。她把手上的一双双新鞋变成一个个筹码，借以赚取长辈们施舍的辛苦费。我不一样，我是用心在做。做鞋子是我感情的寄托，那抽抽扯扯的一根根棉线里饱含着我多少心思与情意，能数得清吗？

很快，那个新媳妇就遭到了报应。她的丈夫排行老二，上面还有个亲哥绰号叫老球。当时她就想：论辈分老球是大哥，他这双鞋，怎么也得给些辛苦钱吧？哪知老球接过鞋后，一个钢蹦儿也没往外掏。我一个

刚过门的新媳妇，给你这亲大伯子哥做双鞋容易吗我？你咋好意思白穿呢？心里嫌他太抠门，嘴上就忍不住嘟囔了两句。老球脾气也孬，当时愤愤地就把鞋摔还给了她。这一摔，从此两人再没说过话。

抬起酸胀的胳膊，我使劲挥了挥手，想借此挥掉新媳妇飘浮在我脑海里的身影，可是没有用，那个掉进钱眼里的身影总也挥不掉。不禁长长地叹了一口气。

这个新媳妇就是当年的我。

我一想起这事儿来就后悔。就为一双鞋，值当的么？把遍家鞋当赚钱物是罪过，简直亵渎了它。一直以来，总觉着还欠老球一双鞋。如今老一辈的人里就剩下我跟老球了，指不定哪天眼一闭谁就走在了谁头里。在临死之前为了把多年的疙瘩解开，我偷偷地又给老球做了一双鞋。哪料到，这双鞋竟给我自己惹来一身骚。有的人不是东西，到老了死性不改。老了的老球越发不正经了，猛不丁地见我给他双鞋，就想歪了，以为我有了啥想法了哩！竟拿着一双鞋去找媒人，要人家给俺俩撮合哩！这事儿一传开，臊得我好些天不敢出门。要强了一辈子，到了竟让这老东西把俺一身清白给玷污了。

他那样想是他的事，他胡乱嚼咕也是他的事。那双鞋是俺欠下的债，不偿还了心里能安适么？可俺儿媳妇不干了，你听她在院子里那个嘟囔，说什么俺真是老糊涂了！说什么俺做出那样的事儿，还让不让他们抬头见人了？还说什么有那闲工夫，咋不给孙男嫡女的每人做一双？她嘟囔她的，我假装没听见。我做出啥样的事了？不就给亲大伯子哥做了一双鞋嘛。我前面说过，我已经老了，上岁数的人有时候就该耳背的。这媳妇其实不算赖，就是一张刀子嘴特快，说话不过脑子。等我把她的那双新鞋亮出来的时候，哼，看她脸上咋挂得住。

唉，如今的年轻人真是搞不懂了。费劲巴力的做好了鞋，当我笑吟吟地给明子媳妇递过去时，她呆愣在那里连手都不想伸，一脸的尴尬，眉头那叫一个皱哟！奶奶，这么老土的鞋，咋让俺穿得出去嘛！要说，还是俺大孙子明子懂事理，他狠狠地瞪了媳妇一眼，赶紧接了过去。可我不高兴了，没好气地说，大孙媳妇，你要嫌穿不出去，就扔掉好了。

慌得明子一个劲地陪笑：咋能呢奶奶，咋能呢。

轮到亮子媳妇这儿，我更拿不定主意了。我拿着双土布鞋，蹒跚在她的门口进不是退不是的——这是个过门才几天的新媳妇，她会接受俺的新布鞋吗？正寻思着，门帘一挑，出来个端庄俊秀的闺女儿，亲热地叫了一声："奶奶！"上前将我搀进了屋里。她宽慰似的说，奶奶，我就喜欢穿布鞋，可是不会做，以后想跟您学哩。您这鞋做得真好，穿着一定舒服。听她这么一说，我一颗忐忑的心才算是定了下来，拉着她白嫩的手，一个劲地夸赞。其实我心里明镜似的，如今早不时兴这个了。村里年轻人出去打工，一年下来挣个万儿八千的，谁还稀罕穿布鞋？就连儿子儿媳这个岁数的人也早不穿家做的鞋了。但甭管咋样，这是老人的一片心意呵！我递过去的哪是一双鞋呀？这分明是一团火呵，我想把家里每颗沉寂的心都烧得旺旺的。人呀，跟谁有缘分是上天注定的，就像俺老婆子跟这个二孙媳妇。甭看亮子媳妇人年轻，这么三言两语的一个照面俺就知道，她是个有心胸有眼光、可以托付大事的娃儿。娶一位心善的女人进门，如同请来一尊活菩萨，福分哪！俺可以安心地闭眼走了。

是几天后的一个晴朗的好天，金飒飒的阳光洒满了整个院子。一大早，亮子小两口就一齐过来忙活开了。今天恰值农历六月初六，正好我今年也六十六岁了，他们打算风风光光地给我过六十六大寿。看看，俺可真没看走眼，这二孙子媳妇果然也是个有心的！遍家鞋是我烧的第一把火；这为我做寿，怕不是孙媳妇燃起的第二把火？就不信烧不热全家人的心。亮子两口子这么一忙乎，儿子、儿媳哪里还坐得住？陆续都来了。明子两口子闻讯也赶来了。鸡鸭鱼肉，煎炒烹炸，简直跟过年一样。她们两代媳妇三个人，在院子里忙得不可开交。慌得俺一迭连声地推辞，这可咋好，这可咋好。

俺儿媳妇脑子好使，话音儿转得也快，她笑着说：娘，孩子们既然有这个心，就由着他们操办吧。儿子在屋里陪着俺唠嗑，明子和亮子哥俩出去采买，啤酒饮料买回一大堆，还没忘了捎回一个大大的生日蛋糕。日上三竿的时候，满满当当一大桌子饭菜摆在了俺的面前。

这是心的盛筵，大伙心里头储藏着多少亲情，就能捧出多少道美味佳肴。我的眼泪就一直没有停过，一个劲地拿袖子抹拭眼角——像事先商量好了似的，儿孙媳妇们今天脚上穿的，都是经俺手做的新崭崭的遍家鞋呵。

一大家子人热热闹闹地围坐在一起，举起杯，刚要祝我健康长寿，院里忽然传来一声嚎哭。哭声越来越近，越来越近，眨眼到了屋门口。一个人哭得踉踉跄跄地，一进来就趴地上了：弟媳啊，哎呀——我的好弟媳妇！咋不让我替了你啊？真是好人不长寿，咳咳咳……

进来的人是七十多岁的老球。他使劲擦了擦昏花的泪眼，嘴里还直嘟：我见你们今儿个进进出出的，都往弟媳妇这屋里跑，莫不是弟媳妇不行了哩？

明子和亮子绷住笑说：大爷爷，咱家的人都在这里，你哭啥哩？这不俺奶奶活得好好的么？

儿子赶紧把他搀起来，说：大伯，你这又糊涂了吧？儿媳大概嫌晦气，岔开话头说：大伯你既然来了，也请上座喝杯酒吃口菜吧。

老球愣在那儿，瞅见我端坐在上头正拿一双气鼓鼓的眼睛瞪着他。他羞臊得一低头，折身往外就走。

大伙的目光一齐盯了他的脚看。老球脚上穿的，不正是我做的那双新布鞋么？

（刊发于《和县文艺》）

灯 笼

"灯笼会，灯笼会，谁没有灯笼回家睡……"这歌谣，在临近元宵节的时候，会经常挂在小孩子的嘴边。是啊，哪个孩子不向往元宵节呢？过节那天，刚擦黑儿，街巷里已是人流如织、灯笼如云。各种花灯彩灯竞相闪亮，像开在寒夜里的一朵朵鲜花。惹得孩子们小狗撒欢般尽情逗闹嬉戏着，一脸掩不住的兴奋。每年的元宵节都是这样。

这样的情景在阿芳脑海里不断浮现的时候，她是越来越坐不住了。今天是正月十二，离元宵节还有三天，女儿的灯笼还没着落。这是六个月大的女儿过第一个元宵节，一对灯笼是必不可少的。这地方风俗，孩子出生后的头一个元宵节必须点燃两只灯笼，以此佑护她的眼睛一生明亮！尽管只是个迷信的说法，可哪个母亲不愿意自己的孩子健健康康的呢，何况买一对灯笼又破费不了多少！所以村里所有的年轻母亲们都很认真地兑现了。哪知轮到阿芳这儿就成了难题。阿芳婆家这个村子离镇上集市有二里多路，来回约需二十分钟光景。偏赶上女儿这两天生病，整天哭闹，阿芳寸步不敢离开，倘若女儿醒来第一眼看不到妈妈，非哭个天昏地暗不可，她可不想让病中的女儿受一点点委屈。有心抱着孩子去镇上吧，大冷的天，又怕把孩子冻坏了，旧病没好又添新病。多大点的孩子，经得起如此折腾么？阿芳盯着女儿那双忽闪忽闪的大眼睛，真是左右为难。

阿芳不禁抱怨起丈夫来。这要是丈夫在，只要自己一句话，几百个灯笼也买来了。自打结婚以来，丈夫对她可谓百依百顺、疼惜有加的。丈夫算是个顾家的男人，初五刚过，丈夫就依依不舍地外出打工了，他怕走晚了不好找活儿。粗心的男人恰忘记了今年是女儿的第一个元宵节，他更不会想到心爱的女人竟为买两只灯笼如此犯难！

阿芳不是没有想过找公婆帮忙，可就是摆不下脸来，她与他们刚闹了别扭。腊月底，哥俩一齐打工归来，精明的老大只向老人交了二百元钱，丈夫却傻乎乎的拿给他们五六百元呢！阿芳暗怪丈夫心眼太实。眼见拿出去的钱是拿不回来了，当时气不过，就刮风带刺地絮叨了几句。公婆的脸色登时难看了起来。阿芳才不管呢！看也不看他们一眼，抱起孩子扭头就走。丈夫紧撵上来解释："今年大哥因伤了手没挣到多少钱……"

阿芳朝丈夫吼："那我不管！老人又不是你自己的！你们以前稀里糊涂我管不着，既然我进了这个门，该一是一，该二是二，我眼里可揉不得沙子！"

腊月二十三，公婆打发老大家的孩子给阿芳送来几斤粘面，一来阿芳从小就不爱吃那玩意儿，二来阿芳心里还窝着气呢，就打发丈夫又给送回去了。除夕夜，阿芳跟丈夫去给他们拜年的时候，公公婆婆的神态腔调明显地有些不自然。唉，疙瘩好系结难解啊，看来他们是指望不上了。

阿芳回过神，见怀里的女儿已经睡熟，一双忽灵灵的眼睛不知何时闭上了。而她自己已泪落两腮。她忽然横下心：趁女儿刚睡下，赶紧跑去镇上买灯笼。抹去眼角的泪水，从抽屉里拿起钱包就往外走。老天爷，求您保佑我能买到两只称心如意的灯笼吧！想买灯笼的好人，你们就别赶在今天去买了，你们有的是空闲，有的是帮上忙的人，可我不行啊！丈夫不在家，一个过门才一年的新媳妇，跟婆家这儿的人哪个也不熟啊！阿芳心如火焚双腿如风，她要飞快地赶到镇上，再风一样地飘回来，赶在女儿睡醒之前。

可是最终，阿芳却没有去成。她不但没能赶去镇上，甚至连家门也没能走出去。刚跨出房门那一瞬，门环上什么东西晃得她两眼一花，登时触了电一般杵在那儿，浑身无力双腿发软，差点瘫倒在地。阿芳痴了傻了般盯着门环上挂着的东西瞅着，突然想大哭一场。

——那是两只灯笼！两只花花绿绿的灯笼！跟阿芳心里想买的几乎

一模一样。这两只出现得有些突兀的灯笼，让阿芳心头一刹时涌上来许多纷乱的猜想。这些想法搞得她心里乱糟糟的，仿佛一股寒尽乍暖的漩流，裹挟着数不清的冰荏子在窄窄的河槽里横冲直撞着，撞得阿芳的心框子生疼生疼。

片刻过后，阿芳走到公婆的院子里来了。隔着半掩的院门，她朝里面不住地打量着。以前阿芳从未留心打量过它，丈夫出外打工时，阿芳就一直在娘家住着；自从分开另过后，她更是很少踩到这里，即便有事也只打发丈夫过来。年根儿跟公婆闹别扭后，倔强的阿芳曾暗暗发誓往后再也不踏进这院子一步。可是这会儿，阿芳却一步步走了进来，走得悄然无声。这是丈夫从小生长的地方，他小时候也在这院子里耍过灯笼吧？而在一年前，自己曾被吹吹打打地迎娶了进来。

还没进屋，就听见公公抱怨似的说：你咋不亲手交给老二媳妇呢？婆婆委屈地说：你忘了腊月二十三送粘面的事了？她要是不领咱这个情，赌气给我撂了出来，我都不知道以后该咋进老二家的门！我悄悄儿的挂在她门环上了……

一扭身，阿芳又从那个院子里出来了。她本打算喊他们一声公婆的，最终还是没能叫出口。心头的坚冰却在那一刻悄然融化成了涓涓春水，荡得整个心腔暖暖的：先在心窝子里攒着吧，日子还长着哩！

阿芳突然非常想念丈夫，好想偎进丈夫怀里跟他说点什么，说说那两只灯笼，说说元宵之夜——红光灯影映照下的女儿，一张粉嫩的小脸仿佛盛开在寒夜里的牡丹花！而躲在暗影里的公公婆婆，脸上也挂着欣慰的笑容；仰望天上，一轮清亮亮的圆月不知何时已升了起来……

（刊发于《普州文学》《运河》2010 年 1 期）

 # 最质朴的情愫

　　她臂弯里挎着一只竹篮，上面用厚厚的白毛巾盖着，从村中央一步三挪地朝村头走去。不用问，这是给残废老刘送饭去。每天三顿饭，她要步履蹒跚地走三个来回。十七年了！每次做好饭，总先给老刘盛一大海碗送过来。她一双脚几乎把这条村路给磨明了，也把她从三十出头的少妇磨成个五十多岁的老婆婆了。

　　村里人对此似乎早已习以为常，再不会说三道四了。而当初，她这一路不知要忍受多少白眼和闲言碎语呵。也难怪，她跟这个残废男人不沾亲不带故的，却要一天三顿给他送饭，还经常帮他拆洗被褥、缝补衣衫，图个啥？很快人们就开始往那方面想了，都怀疑她跟这老刘有一腿，是老情人啥的，要不然她咋会如此惦记他呢？

　　村里的流言蜚语把丈夫惹火了，他摔盆砸碗地质问她：你为啥对那个瘸子这样好？是不是有啥短处落在他手里啊？

　　她笑着辩解：我就是觉得他可怜，怎么了？别人都把我往歪处想，就你不应该！我是个啥样的人，你心里没数？

　　一番话说得丈夫火气撒了，愣是拿她没辙，只好随她去了。

　　继而儿女们也开始抱怨：你还让不让俺们抬头做人了？

　　她总是摇摇头，无奈地叹口气，却依然如故。

　　有一次去送饭时，发现老刘病了，烧得厉害，她急得快要疯掉的样子，赶紧回去央求儿子把他背到诊所里。看儿子撅着嘴，一百个不乐意，她竟朝儿子发了火。

　　老刘也一直蒙在鼓里。她为什么对我这样好？可怜我是个无儿无女

的残废？刚开始他有些受宠若惊，渐渐地不安了起来。看她没有丝毫轻看的意思，反倒一副敬重的神态。不是亲人却胜似亲人啊！从未体验过亲情滋味的老刘，偷偷掉了好多泪。终于，一些风言风语传进了他的耳朵里。

这一天，老刘把她堵在了门外，欲言又止地说：你……以后别来了，我贱命一条没什么，不能连累了你……

她先是一愣，继而倔强地手一挥说：管它，嘴在人家身上长着呢。我就要来，只要我活着一天，就不能不来！

老刘吞吞吐吐地说：你丈夫跟你吵架的事，我听说了……她牙一咬说，管他：咱又没做见不得人的事，拍拍胸口对得起自己的良心就行。

老刘又犹犹豫豫地说，你家孩子为难你的事，我也听说了……

她瞪了他一眼说，他们都还年轻，不懂事，你甭往心里去。谁也不能阻止我来照顾你！

其实，连她自己也说不清楚，咋会年复一年地坚持照顾这个男人这么久。她从不求别人理解，只求自己心安。她就是觉得这个男人不应该常常吃夹生饭，不应该穿得破破烂烂。因为拖着一条残腿，一辈子没讨上老婆，就已经够他受的了，他本不应该受这样的罪，不应该！

直到有一天，村里来了两个上面的人，是专门到各个乡村来统计参加过抗美援朝的老兵复员还乡后的生活情况的。他流着眼泪说："要不是有她照顾俺这十七年，说不定这把老骨头早喂狗了！俺的救命恩人呀！"

来人把这个情况反映给该县民政部门，民政局的同志很是震惊，又亲自派人来调查此事。很快，他们敲锣打鼓地送来了拥军光荣匾，并授予她拥军模范的光荣称号。当有记者问她为什么十七年如一日地照顾一位残废军人时，她平静地回答："俺打小就爱听英雄保家卫国的故事，特别崇拜那些不怕牺牲勇敢杀敌的人，觉得他们很了不起。在俺心目中，老刘就是打过仗流过血的英雄。英雄不应该被冷落。英雄不应该受罪。英雄不应该没有人管！"

记者回去后，根据她的事迹写出了一篇感人肺腑的报道，题目就叫：最质朴的情愫。

捡破烂的"亲戚"

今天是周末，又不用加班，终于可以放松一下紧绷着的神经了。刚想给杨杰打电话，他却先来找我了，说今天要给我一个大大的惊喜。什么惊喜呢？弄得神神秘秘的。

杨杰是我的同事，我俩同在这个南方小城的一家公司里打工，半年前他忽然向我表白说喜欢上了我，接着就是一番穷追猛攻。最后，我只好答应暂时做他的女朋友，可把这小子高兴懵了！今天他一来，就带着一脸坏坏的笑，哼，指不定又想玩什么新花样呢！

他把我带到了一处刚竣工的居民楼前，挽着我的手就上到了 4 楼，从身上掏出钥匙准备开门。起初我还以为他是带我来亲戚家串门，看见他身上有钥匙，愣了。我问："你怎么有钥匙？这是谁家呀？"

杨杰打开门，弯腰伸手做了个夸张的姿势说："美女，请！"

我随他走进房间，仔细打量了起来。里面已经装修得差不多了，虽说空荡荡的没有一件家具，但看得出房子确实宽敞明亮，设施齐全，如果稍事布置就会焕然一新，住上去肯定舒服。我不禁脱口赞道："哇噻！好漂亮耶！杨杰，这是谁的房子？"

杨杰调皮地学着我的腔调说："哇噻！这是谁的房子？我的！美女，请看！"他把刚到手不久的房产证往我眼前一亮。

我惊讶得瞪大了眼睛："真的？"

杨杰得意地说："嘿嘿，没想到吧？"

我好奇地问："谁给你买的？"

"当然是我老爸！"杨杰自豪地说："告诉你吧，我老爸是做批发生意的，家里光批发门市就有好几个哩！给我买套房，对他来说还不是九牛一毛！"

我羡慕地说："你还真行呀！"

杨杰更得意了，说："从现在起，我正式任命你为我的高参，帮我布置一下房间，怎么样？我知道你的眼光是最棒、最有品位的。"明知道他在哄我开心，还是被他这顶高帽子捧得乐开了花。

我俩在房间里转悠着，商议哪儿该怎么布置，哪儿该摆什么家具，不知不觉一个多小时就过去了。杨杰说："走，咱们先去吃饭，然后再去看看家具。"

我们手拉着手往外走，打开门，我看见门外站着一个衣着破旧的老头子，头发如乱草，满脸皱纹，一双粗糙干裂的手又黑又脏，拎着只蛇皮袋子，一看就知道是个捡破烂的。心想：这老头，捡破烂怎么捡到人家门口来了？扭头看杨杰，只见杨杰像换了个人似的，一张脸阴沉着，对老头说："你咋来了？不是说过不让你到这里来的吗？"

老头手足无措地像个犯错的孩子，结结巴巴地说："我，我想来看，看看。"

"有什么好看的？你赶紧走吧，我们正要去挑家具呢！"

我忍不住悄声问杨杰："这是谁呀？"

杨杰的眼神有些慌乱，他说："一个亲戚。"

老头听了愣了一下，知趣地连声说着："哦哦，我这就走，这就走。"

就在我们一前一后走到楼道口的时候，被两个送水泥的人拦住了。他们指着地上的六袋水泥问杨杰要不要往楼上搬？杨杰买水泥是打算再装修一下厨房和卧室的地面，他说："当然得搬上去，不然放在这儿算怎么回事？"

可是他们却提出搬一袋水泥再另加3元钱："4楼哇，你搬搬试试？不加钱谁干！"

杨杰刚要说什么，那个老头在一旁急得眼睛都红了："加3元？三六一十八，好家伙，顶我费劲巴力地捡上大半天哩！"他对送水泥的人说，"你们也甭蒙人，这样吧，既然你们提出来了，一袋就加一元。多一分也不加，你们不搬，咱有的是人搬。"

俩送水泥的撇了撇嘴："老头，你那一元钱还是留着自个花吧。"说着，头也不回地走了。

剩下杨杰气恼万分地朝老头吼："谁叫你多嘴了！这下好了，人家走了。我们还要去看家具，水泥放在楼道口保险吗？大家都在装修房子，被人顺手牵羊搬走一袋，你找谁去？你今天压根儿就不该来！"

老头见杨杰发火了，就低下头一声也不吭了。我看不下去，拉了拉杨杰的衣袖，嗔怪道："看你那着急样子，他也是好心，想让你省钱嘛。"

杨杰气仍未消，不过声音小多了："这回倒是省钱了，水泥谁搬？咱们还去不去看家具？"

我出主意说："要不这样，老人家要是没事呢，就在这里先帮忙看一会儿，等咱们回来再另想办法。"

老头一听，赶紧应承："你们放心去吧，我没事，我没事。"杨杰无奈地说："也只好这样了，那你就等我们回来再走。"

我俩在家具城逛了足有大半天，才意犹未尽地离开，赶回家来。当我们走到楼道口时，却发现那六袋水泥不见了！老头也不见了！杨杰一边飞快地往楼上跑，一边嘟囔："就知道他成事不足败事有余！说不定又上哪儿转悠着捡破烂去了！水泥还是被人偷了不是？"

可是当我们来到4楼门口，却看见那老头一身泥污，正满头大汗地坐在地上，脑袋倚着墙"呼哧呼哧"直喘气呢！杨杰指着垒在门口的水泥，惊讶地问："这都是你搬上来的？"

老头故作轻松地笑着说："没啥，好久没干力气活了，猛一下子出这么多汗，浑身还怪舒坦哩！"

杨杰眼里泪光一闪："你都这么大岁数了，不要命了？要搬也得让我来……"

"我老胳膊老腿的习惯了，不碍事。你从小没出过这样的力，看累着了。"

这时，我什么都明白了，赶紧拿过钥匙打开门，对杨杰说："你还不快让老人进来？让老人家洗个澡。"

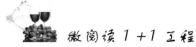

　　老头却慌了，两手摇摆得像跟谁在打架："不不不！我该走了，我在这儿待的时间长了，对你们影响不好。"刚走几步，又回来，从贴身的口袋里摸出一个布包，递给杨杰，说："这是我又攒下的1000元钱，你收着。你们就可着劲往好里弄吧，钱不够咱再挣，再挣，我走了。"说完，就"噔噔噔"地往楼下走。

　　杨杰动情地冲着他的背影喊了声："爹！"老人回转头，朝儿子扬了扬手，就消失在楼梯口看不见踪影了。

　　杨杰难过地对我说："他就是我爹，买这座房子的钱大多是靠他捡破烂积攒下的。我不该对你撒谎，说他是个搞批发的大老板。"我动情地说；"其实我早看出来了。亲戚再亲，也不如爹娘亲，那是掏心窝子的跟你亲近哪！我真羡慕你，我从小就没了父亲，没尝过父爱的滋味。要是我也有个像你这样的父亲，疼爱我一天也知足了，哪怕他是个捡破烂的！"

　　杨杰感激得一把拉住了我的手，攥得我好疼好疼……

（刊发于《民间传奇故事》）

等待成空的母亲

儿子去南方打工已三年没回家了，母亲因思念加上不分昼夜的劳碌，病倒了。她做梦都盼着儿子能回家一趟，或者打个电话来宽慰一下内心的苦寂。

母亲不识字，她手头只有儿子留下的一个地址。母亲拖着病快快的身子来到邻居家，央告邻居给儿子写封信。她坐下就絮叨开了：

几年前为儿子上大学四处筹借，如今依然债台高筑。为了还清债务她每天拼命劳作，干完繁重的农活，还要割一大筐羊草，饭罢再"砰砰"地剁猪菜到深夜。她心里着实焦急啊！筹借来的钱终究是要还的，只有把地里产的粮食、圈里的猪羊统统变卖成钱，才能挡上一阵。何况儿子到了该成家娶媳妇的年龄，修房盖屋、置办家具，哪一项不得花钱呢？无论她多么要强，也有支撑不住的时候呵！她就想看一眼儿子，只要看他一眼，她心里就有了主心骨……

信写好寄走了。随信寄走的，是一位母亲的满腔牵挂，她羸弱的身体里只剩下望眼欲穿的等待……

匪夷所思的是，母亲并未等到日思夜盼的儿子。十几天后，母亲又一次来到邻居家，脸上明显流露出焦虑的神色。邻居忙安慰她说，可能是你儿子忙得抽不出身吧？母亲半信半疑地点着头，请邻居再写封信，如果儿子工作忙就不要回来了，千万得往家里打个电话，免得当娘的惦记。

一个月过去了，母亲忍不住又走到邻居家来了，进来就一屁股坐在木凳上，一句话也没有。簌簌的眼泪像断了线的珠子顺着她瘦削的双颊、

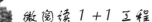

紧绷的唇角淌下来，滴落在满是汗斑草渍的衣襟上。此情此景，竟让邻居一时想不起用什么言语来宽慰她。

送走可怜的母亲，邻居的心情久久不能平静。思忖良久，他忽然冒出一个要弄清究竟的大胆想法。他压抑着无比的激动给这位邻里侄儿写了一封短笺，意思是说：叔叔知道你一个人远在他乡不容易，随信资助你三百元，望查收。信写好寄出，但邻居并没有寄钱。没过几天，邻居就接到了这位大小伙子打来的电话，亲热地叫着："叔叔——"不用再讲下去，谁都能猜到他在电话里会说些什么。

这个故事令天下的父母亲寒心。事情当然没有到此结束，在电话里，好心的邻居大叔连一句责备也没有，只是善意地陈述了上面所发生的一切。

儿子一下子懵了。终日穿梭于灯红酒绿的大都市，那种奢华与喧嚣诱惑着他内心的欲望，每月两千多元的薪水被他一分不剩地消费光了，却仍觉不够花，还暗羡别人一掷千金的豪爽与阔气。收到母亲来信的时候，虚荣心和自卑感像谷地里的稗草一样正在他心头疯长。是邻居大叔的话如醍醐灌顶般让他回到了现实，母亲孤独的身影一下子占据了脑海。登上回家的火车，他悔恨的眼泪就一直没有停止过流淌，一路开始了痛心疾首的良心拷问：

当他穿着名牌衣服坐在餐馆里与同事们吆五喝六的时候，一身旧衫的母亲正费力地咀嚼着自制的腌菜；

当他邀上女友去看几十块钱一场的电影的时候，几欲被债务压垮的母亲正为了一毛钱跟小贩们斤斤计较；

当他因手头拮据而自觉处处矮人一头，以致心生幽怨和妒恨的时候，母亲却因操劳过度而累病了。

是的，真的是很对不起母亲。他也想孝顺母亲，等发了财定会把母亲接来城里享福。可他恰恰忘记了，年迈的母亲经不起那么久的等待。

儿子走进家门，一眼瞥见母亲正呆呆地立在猪圈旁出神，一袭单薄的背影笼罩在薄暮的余晖中。那份孤独与凄凉，让他终身难忘！心里一紧，他怯怯地叫了一声："母亲！"

母亲倏地转过身，惊讶地瞪大了眼睛，只一瞬间，已泪流满面。母亲比想象中还要瘦弱，已被病魔折磨得不像样子了。他心如刀割般难受，"咕咚"一声扑在母亲膝下放声大哭。年幼时每次在外面闯了祸，他会搂住母亲的裤腿哭着祈求她的庇护，而今他的哭声里也饱含着祈求——祈求母亲饶恕自己的不懂事；但更多的是悔恨和心痛。

他暗暗发誓：从现在开始，我要让自己长成一株枝繁叶茂的白杨！母亲像深扎于泥土中的庞大根系，没有一天不为我输送爱的养料，而我又怎能不及时伸出坚强的手臂为母亲遮风挡雨，让她的暮年享受到一抹荫凉？母亲，请相信我，儿子决不会再让您等待成空！

世界上最美丽的衣裳

"有个小姑娘，长得很漂亮，却没有一件好看的衣裳。十岁那年，她看到邻居家的小女孩穿了件滚花边的白纱裙，好美啊！小姑娘羡慕得很，就用自己积攒了半年的 20 张糖纸，说服小女孩把纱裙让她穿两天。可第二天，邻家小女孩就来要纱裙，小姑娘当然不愿意了，她哭啊闹啊，就是不脱裙子。这下惹得妈妈发了火，要强行给她脱下来。小姑娘气不过，顺手拿起剪刀划破了那幅小纱裙，为此她挨了妈妈一顿打。从那时起，小姑娘暗暗发誓，长大后一定要穿世界上最美丽的衣裳……"

斯娜讲到这儿，眼睛湿润了。张林明白，斯娜其实在讲她自己的故事，心里忍不住对她多了一份怜惜。这是他们俩的第一次约会，双方互有好感，说话也就掏心置腹。"我的择偶标准很简单，就是对方一定得是肯为我买好衣服的男人！"斯娜无限期许地问张林，"你，能满足我这个唯一的要求么？"

张林默然点头。女人嘛，想穿得好一点无可厚非，她们就是为漂亮衣裳而生的。34 岁的张林是某证券公司的中层干部，5 年前与妻子离异后，见识过不少女人，惟独对漂亮性感的斯娜一见倾心，很有点想重新开始的冲动。

双方既然投缘，斯娜第二天就搬到了张林家里，两人开始了同居生活。张林发现，斯娜似乎特别喜欢逛街购衣，她简直控制不住自己的购衣欲望。渐渐地，家里的女装多得成了灾，新衣物已经把三室两厅的房间挤得满满的，可还在买啊买。这让张林觉得自己和斯娜的消费观念差距太大，就想结束这段恋情，及早分手。

恰在这个节骨眼上，斯娜的妈妈旧病复发住进了医院。此前曾有一次，张林陪着斯娜逛完商场，中午时就近拐进斯娜家吃饭。饭罢，斯娜的妈妈趁女儿不注意，将张林拉到一边提醒道："既然你跟我家小娜在一起生活了，那咱们就是一家人。小娜平生最爱的就是穿新衣，不过你得规劝她千万莫要恋衣过度。"为此，张林觉得斯娜的妈妈是位面慈心善的老人，出于礼貌就想去医院里探望她一下。哪知老太太一见到张林，就泪汪汪地拉着他的手，亲热得不想松开。张林是个重感情有孝心的人，见此情景，只好衣不解带地在病床前伺候。斯娜呢，对自己的妈妈却很冷淡，忙里抽闲也要跑到医院附近的服装店里逛一圈，似乎不买衣服就浑身难受。

　　但斯娜的妈妈毕竟年岁大了，经不起病魔折腾，半个月后，人眼看着就不行了。奇怪的是，本来要跟斯娜及早了断的张林，直到老人家去世后很久，都没再提分手的事。

　　此时的斯娜，买衣服更变本加厉了，每天下班后，斯娜都要去时装店逛到晚上10点多，才拎着几袋根本没机会穿的奇装异服回家。为了解决斯娜的购衣癖好，张林拖着她走进了医院的心理咨询科，医生建议她多培养一些其他爱好，斯娜嘴上答应得挺好，一转脸就当了耳旁风；张林为方便斯娜学习充电，特意给她买了一台电脑，哪曾想她竟迷上了网上购物，还经常与网友交流心得，购衣欲望反而更强烈了。

　　张林实在没了招儿，决定在经济上实行AA制。谁知这样一来，斯娜竟玩起了失踪。急得张林约上邻居、同事，发疯似的驾车在整个城里转悠着找她。

　　几天后，当斯娜拎着几袋时装晃晃悠悠地进了家，张林气愤地说："我问你，咱们还有在一起的必要吗？不如好合好散吧。"

　　斯娜强辩道："我想要穿时新衣裳，你又与我实行AA制，我的钱不够用，只好想别的办法了。"

　　张林忍无可忍地说："你太过分了，家里哪处不是被你的新衣服给占了？带你看医生，你也不配合治疗，这日子没法过了！咱们干脆分手！"

斯娜得寸进尺地说："好呀！你知道，我一生最喜欢的就是穿漂亮衣服，如果你答应买件好衣服作为离婚礼物送给我，我就考虑和你分手。"

张林气得直哆嗦：这个女人真是无药可救了！为了及早分手，他咬着牙陪斯娜走进一家商场，斯娜一眼就看中了一件价值 1 万多元的皮背心，正当张林打算结账时，手机却响了。原来是张林的老父亲患急病住进了医院，他急忙撇下斯娜朝医院里赶去。

以后的两个月里，张林都在医院尽心尽力陪护父亲。期间，斯娜打过两次电话问他何时才把那件皮衣买了送给她，张林气恼地说："我爸在医院里，我没心情陪你去买什么分手皮衣。"说罢关了机，再也不想接她的电话。

没想到再次相见，却是在警察局里。原来这段时间，为了尽情挥霍买衣服，斯娜竟然利用美色多次诈骗男人金钱，数额巨大，终有一天露了馅被人告发。当张林闻讯赶来时，隔着一扇冰冷的铁窗，斯娜像捞到了一根救命稻草似的央求说："林，你是我所经历的男人中最好的，以前是我错了。其实我也想过改变，有时回家翻翻购衣发票，看到一下子花掉了好几千元，自己也很心疼。工作了十多年，同龄女友的小孩都能打酱油了，可我呢？除了几房间的衣物外，几乎什么也没攒下。好多次我下决心要痛改前非，可几年来养成的购衣癖很难一下子改掉！这次诈骗男人的钱，也是破罐子破摔的法子，也许只有采取这样极端的方式，才可能彻底戒掉我的购衣瘾啊！"

张林冷眼观望着面前的女人，觉得她又可气又可怜！沉吟片刻，张林强按下心中的怨怼，诚恳地说："小娜，本来同居不久我就要跟你分手的，后来你妈妈生病住院后，我再也未提过此事。知道为什么吗？实话跟你说吧，那是因为你妈妈在弥留之际，仍拉着我的手不放，苦苦哀求我答应以后好好照顾你，否则她死不瞑目啊。当时，她老人家看我犹豫，就将脑袋不住地往枕头上叩，一边叩一边哀求：孩子，我给你磕头了，下辈子作牛作马报答你……"

一番话竟让斯娜失声痛哭起来。十岁时的那件纱裙，是一抹挥之不

去的阴影，让她一直记恨妈妈、仇视妈妈；长大后，她又变得太偏执任性了，以致忽略了身边的亲情和爱。她懊悔地哭泣："我对不起妈妈，也对不起你……现在我终于明白，买来的衣饰再多只是个摆设，家人那份无私的爱，才是世界上最美丽的衣裳！"

爱是一地细碎的阳光

　　这天，他正带领着学生参加市运动会呢，忽然学校领导焦急地打来电话，催他快速返回：你老婆出事了……当他急急赶回时，医院已下达了病危通知书：她除头皮外，浑身上下全部被烧伤，全身浮肿变黑，已无救活的可能。——原来，她到小伙房去做饭时，液化气罐漏了气，她一点火，浑身上下顿时被火焰包裹。一时找不着门，情急之中，她从伙房的小窗户上蹿了出来，随后昏迷过去。这场突如其来的火灾，让她命悬一线。

　　他悄悄拧了下大腿，才醒悟这并非一场噩梦。不知怎的，他脑海里当时一如幻灯片般反复闪回的，竟是她在斑驳树影下跳格子的音容笑貌———

　　他与她，在大学里相遇，因为有着共同的爱好和志向，颇感投缘的两人很快就确定了恋爱关系。有一次，她偎依在他的肩头说，你就像一抹温暖的阳光，每次看到你，再忧郁的心情也会变得晴朗。毕业后，他们一同被分配到偏远的乡镇中学当体育老师。婚后夫唱妇随，教学、训练就是他们美好的生活。虽然乡间学校待遇较低，但学校的体育成绩有了很大突破，让夫妇俩很有成就感。

　　那是个初夏的午后，他们夫妇带着儿子去郊游，和煦的阳光在乡间土路上洒落一地斑驳的树影。她笑得咯咯的，不断做着跳格子的游戏，逗引得 3 岁的儿子跌跌撞撞地追着喊妈妈。儿子稚嫩的叫声，让她的笑容更加舒展、柔美。穿透树冠的阳光，筛落一层美丽的光晕，笼罩在她发梢上、衣服上，让她全身洋溢着一种母性的光辉。紧随其后的他，陶醉般地痴痴望着，她那欢快的倩影如同拍摄的照片，永恒地定格在他的心目中。那一刻，他心底漾满了水一样的爱意，一如这穿透树丛的斑驳而细碎的光影，无处不在地照拂着她的身心。

难道一场无情的火灾，竟将一切过往与将来像烧掉一张照片似的全给毁了？不！他的倔脾气上来了，执意要转院。医生警告他说，在转院过程中烧伤病人痰涎不断产生，如果不能及时抽出，会窒息而死。他脑海里再次浮现她粲然的笑容，抹了下眼泪，他坚定地说，就算她死在求生的路上，也比眼睁睁看着她死强！

于是，转到了北京某大烧伤医院。院方一边安排手术，一边要他缴纳手术押金，第一次手术就需要 10 万元。10 万元对于他，无疑是个天文数字。他返回来找同学，跑回老家求本家族的亲戚、邻居，出一个门又进一个门，他的嗓音都变得嘶哑，原本强健的双腿沉重颤抖，他感觉自己在和死神赛跑，快点跑啊，一定要在最短的时间内凑齐 10 万块钱，不然她就被死神带走了。筹借到的最大一笔钱是 3 万，其它有几千元的，也有三五百的。在当日天黑之前，他终于凑够了 10 万元，通过银行卡打到北京去，他随后赶来。手术做完了，她仍在危险中昏迷。主治医生说，还需要多次手术，每周一次。她所需的医疗费用仍是巨大的数字，第二次手术需近七万，第三次需近六万……他每周都要赶回家筹钱。他舍不得走，他怕她在自己不在的时间里离开人世，但他还是要走，因为在这个时刻，钱就是她的命！那个在斑驳树影里欢快地跳格子的倩影推着他走。

几次手术下来，钱花到三十万的时候，发现她的血液已被感染，几无生还之望。非常同情他境遇的主治医生建议他不要治下去了，不然会人财两空。仿佛阴霾一下子遮住了整个晴空，那个斑驳树影下的倩影骤然成了被不小心曝光了的废片。他哭了，哽咽着说，就算她死了，我们也不会对医院有半点怨言；如果她一定要死，那也一定得让她在希望中死！儿子要妈妈，老人要女儿，而我是她的丈夫，有一点希望也得救她！

医生被他的执著深深感动了，他们拿出一个大胆的方案，使用一种还在试验阶段的抗生素，全面杀死她身上的细菌，包括人体的有益菌，她能否抗过去，就是一个未知数了。然而奇迹出现了，她那颗异常健壮的心脏帮助了她，使她起死回生。

这场灾祸，仿佛老天爷发下来的一张考卷，故意要考验他作为一个丈夫的责任。在短短三个月内，哪怕再难也决不放弃挽救她的生命，终于使她重获生机。

她清醒的那天，见到他的第一句话是："我还能教学吗？"

他流着泪安慰她："能！"

她又问："治我的伤得花两三万吧？"在这个乡村女教师的心目中，两三万已是天文数字。

他回答："没有，就一万多。"

他没有告诉她，自己前前后后多方筹借，已经欠下了几十万元的巨债！他怕一旦告诉了，会吓坏她。当她看到自己被截去了所有手指的手掌，竟然哇哇大哭："你为什么要救活我？还不如让我死了算了！"

他紧紧搂抱着她，一遍一遍地安慰着："没事的，不管你成了什么样子，都是我最美的妻子！"

在以后的岁月里，他不光要想办法还债，还要对她进行多方面的精心护理，使她的身心慢慢复原。他脑海里又浮现出那个初夏的午后，她在斑驳的树影下欢快地跳格子，那咯咯的笑声仍在耳畔回响，那娇美的容颜愈加清晰……

爱是阳光，仍在静静地淌泻，淌成了一抹永远的暖流。他暗暗发誓，要让那一地细碎的光影，溶汇成一泓爱的温泉，为她疗伤！

（刊发于《意林原创版》2010 年 4 期）

馋阳光的女人

女人又踱到山坡上晒太阳了。她仰面朝天，微眯了双眼，让阳光流水般均匀地从身体上淌泻下来，在脚下汇成一湾清塘。她舒服地张开双臂，将内心芜杂的烦恼完全地沉浸下来，打算美美地浣洗一遍"阳光澡"。

阳光正从头顶的方向漫漶而下，它在小溪中嬉游，在山坡上溜滑梯，在岩石上打座，在树梢上歇脚，在草尖上打滚，在鸟儿的双翼上舞蹈，馋得女人心头痒痒的。阳光来得多么慷慨大方啊！它是世间万物的营养之源，既能咀嚼、也可啜饮。女人将自己静默成一株丰姿绰约的植物，如饥似渴地吸吮着大自然的馈赠。

渐升渐高的太阳，晒得女人浑身上下热乎乎的。她找准位置舒适地平躺下来，然后支楞起耳朵，倾听阳光静静流淌的声音。芨芨草和牛蒡草在脸侧随风摇曳，鼻孔里灌满了青草的新鲜味道。白亮亮的光线晃花了她的双眼，从微眯的眼缝中望去，天空是橘黄色的，山峰是嫣紫色的，花花草草是胭脂色的，就连和煦的风儿也变成五彩斑斓的了。这感觉简直太奇妙了！

女人略昂起头，望了望山坡前忙碌的男人，他仍在那里一丝不苟地平整着土地。连日劳作，男人也已经很疲惫了。她有心喊他来歇息片刻，陪自己晒会儿太阳，却终于没有喊出口。暖烘烘的阳光让她慵倦得连张口的力气都没有了，身心却是从未有过的舒坦。晒太阳真好！阳光不但能驱除疾病，还能让人心灵敞亮。不知不觉阳光已偏过头顶了，女人舒服地翻了个身。她想：我若能像向日葵那样随着太阳旋转，该多好呵。那样的话，每天就能享受到更多的阳光了。

女人和男人原本在闹市的一家公司上班，却厌倦了都市生活的繁华与喧嚣，向往那种日出而作、日落而息的随意和悠闲。为了摆脱令人窒息的快节奏的工作生活带来的压力，两人双双辞职，来到郊区的这个地方承包下几十亩土地，开始了简朴宁静的乡居生活。现在的首要问题是，他们要在这郊外盖一座可供栖息的蜗居。但因为房屋的设计样式，两人争来吵去很难达成一致，最后女人撒手不管了，她径直踱到山坡上去晒太阳，任凭男人独自在那里比划着，丈量着。

女人不知道，男人在干活的时候，不住地朝她这边打量，女人在太阳底下舒展四肢的妩媚样子，尤让他倍加疼惜。男人很爱这个漂亮女人，一如女人爱灿烂的阳光。如果阳光可以剪裁包装的话，男人情愿将它们一捆捆、一束束地抱回家，像铺天鹅绒似的盛满整个房间，供心爱的女人尽情享用。

突然灵光一闪，一座房屋的雏形在男人脑海中逐渐成型。女人贪馋阳光的样子，触动了男人创造的神经。他不得不承认，是爱，给了自己灵感！——他要盖一座天下独一无二的房子，让女人有个最满意的家！男人深情的目光里，开始蒸腾一股潮热的雾气；他那宽厚的胸腔里，涌荡着一波一波爱的浪涛……

不久以后，一座可以跟随太阳旋转的房子拔地而起，矗立在旷袤的郊野。房子最打眼的地方，是天蓝色的双层穹顶，穹顶下独特的八角形结构，使得房子内部的空间比普通房子大了许多。外围墙壁上到处都是长可及地的玻璃窗，宽敞明亮。光洁的木地板呈圆形一直延伸到户外，形成三米的360度环绕阳台。女人赤着脚，里里外外地打量着这个属于自己的新家，掩不住脸上激动的神情。男人建造这座房子大约花费了40万英镑，房子中间是由管道和电力元件组成的动力装置，每个房间都和这个可以转动的动力装置相连，并且由安装在生活区的触摸面板来控制。以后的每个日子，她都可以伫立在朝霞初绽的环形阳台上梳妆，可以在艳阳高照的玻璃窗前静静地诵读，可以在夕阳余晖里手执一杯香浓的咖啡，细细地品味。房子每天跟随着太阳缓缓地旋转，她舒服得如同躺在幼时的大摇篮里，尽情享受着灿烂的阳光，天天拥有快乐好心情。

男人诚恳地说，在这栋能随太阳旋转的房子里居住，可以让你更好的享受阳光和周围美景。但是，唯一的遗憾是它有时候可能会失去方向感。女人钦佩的目光，一直没有离开过眼前的男人。她清楚地知道，为了给她建造这样一座房子，可没少让男人费脑筋，他不仅根据房子的总体重量设计了相应的动力传输和运行机制，还为了适应旋转的特性，别出心裁地设计了八角形的外形结构。女人温柔地伸出双臂，紧紧地勾住男人的脖子，恨不得把整个身心全都依偎进男人的胸膛。她含情脉脉地说："亲爱的，我一点都不介意。管它什么方向感，反正每时每刻我都在你爱的怀抱里……"

　　其实在女人心目中，男人的爱，才是最温暖的阳光！

（刊发于《思维与智慧》2010 年 8 期）

凝在叶子上的流年

一

嘿，阿真！你还记得我吗？我是……吉祥照相馆的伙计……

正袅娜地踽踽独行的她，被一位小伙子拦住了。小伙子磕磕巴巴地自我介绍着，略带羞涩的脸涨得通红，那样子真好笑。她想起来了，半个月前，她曾陪父母去镇上唯一一家照相馆合影留念，对他恍惚有点印象。

20岁的她，正是豆蔻花开的年纪，还未品尝过恋爱的滋味。在小镇上，她家属于中等偏上的家庭，父母为她挑拣婚嫁对象，简直挑昏了头，高不成低不就的。可以说，她待字闺中的日子，是无忧无虑而又充满某种期待的。也曾幻想过白马王子的模样：身材高大，长相英俊，富有且高贵，但这样的男人只在梦里出现，从不肯光顾她的生活。

那小伙子二话不说，拉起她的手就跑。他带她来到一处爬满牵牛花的围墙下，缠绕的藤络上，一朵朵天蓝色的牵牛花开得正旺，但奇怪的是，叶子却斑驳地萎黄了。小伙子指着围墙说，你看你看。她疑惑地问，你让我看什么？他说，叶子！请你仔细看看那些叶子！

她朝叶子上定睛瞅去，发现每一片叶子上都印着一个淡蓝色的影像，是一个女子的影像。她一眼就看出，叶子上的那个女子正是自己！想想看，满满一墙牵牛花叶子，几乎每片叶子上都印着自己的影像。这太不可思议了！他……是怎么弄上去的？

他的眼睛里掠过一丝得意，故作神秘地问，想知道我怎么弄上去的，是吗？看她急遽地点头，他接着说，在照相馆工作时，我学会了将照片印上树叶的方法。自从那天你从照相馆离去后，我就陷入了思念之中。我想把你的靓丽永远地留在叶子上！尽管这太难了，可我想试一试。你知道吗？这满墙的叶子，足让我忙碌了十多天呢。我为你做这些的时候，感觉幸福极了！你愿意接受我的这份心意吗？

她使劲地点着头。小伙子表达爱慕的浪漫方式，一下子虏获了她的芳心。

二

两年后，她做了他的新娘。婚后的生活，是相当拮据的。他为了养活她，自己筹款开了一家照相馆。日子虽不富裕，却风平浪静、安安稳稳的，她也很知足。

很快就到了第一个结婚纪念日，他除了送她一些小礼物外，还附上一枚泛黄的带淡蓝色影像的牵牛花叶子！她抚弄着那枚叶子，满墙的花影扶疏刹那间又浮上了脑海。原以为，那些叶子用过之后就抛置掉了，孰料竟被他悄悄保存了下来。说实话，当初的青涩少女，如今已是成熟的丰韵少妇；那些不切实际的天真幻想，早在日复一日的柴米油盐里消磨殆尽了。这枚小小的叶子，却勾住了甜蜜的过往，让她觉得曾经的初恋仿佛昨天刚发生的一样。

渐渐地，手头有了些积蓄。为了更好的发展，他们商量着离开了小镇，移居县城买下了一座大房子。日子眼看着一天天好起来。在第二个结婚纪念日，他又送给她一枚带照片的叶子！这回，即便她再粗心，也不可能忽略他的用意了。她激动地想：难道他真想把当初的浪漫，在以后的岁月里分期分批地馈赠于我？

果不其然！以后的每个结婚纪念日，他都会送她一枚带照片的叶子……渐渐地，每当结婚纪念日临近，巴望着收到一枚代表着浪漫爱意的叶子，成了她最殷切的期盼：原来在他眼里，我一直都是那个最美好的存在！她还想知道，这些叶子他是怎么存放的，放在了哪里？她更想知道，他究竟收藏了多少枚叶子？难不成当年那满墙的叶子全被他珍藏了起来？他这份傻傻的痴情，让她心底储满了盈盈的感动。翻看这些叶子，她自然会想到当初那满墙的花影。数年光阴转瞬而逝，浪漫却以这样一种方式留驻心头。

三

转眼已是三十年后。在县城那幢空旷的老房子前面，一位年近花甲的妇人，每天端坐在门口的阳光里闭目养神。门楣上方的照相馆匾额，在厚厚的灰尘中依稀可辨。她摊放膝间的双手揽着一只古色古香的木箧，上面布满了因经常摩挲而留下的斑斑指痕。里面盛的，肯定是她大半辈子的陈年故事吧？或许，她平时全靠这只木箧来打发漫长的光阴呢。

更多时候，是老妇人抖着微颤的手指，从木箧内缓缓地捡一枚枯叶出来，拿深邃滞重的目光凝视着。只见她两根手指极小心地捏着，好像稍一碰触，那片萎黄的叶子就会碎掉似的。老妇人脸上浮着粲然的笑意，那笑容仿佛穿透云层的阳光，把整幢房子都照亮了。

五年前，老头子已先她而去了，可这些叶子却永久地留了下来。这是属于她一个人的"稀世珍藏"。每当她感到孤独了，想他了，就翻出来瞅瞅，曾经的往事就像昨天才发生的一样。男人不知道，从第二年起，他送出的每一片叶子也被她悄悄珍藏了。闲暇时候翻看一回，心底就会漾起无尽的温馨。这是男人花了一辈子的心思专为她营造出来的浪漫，里面融聚着他全部的热诚和爱，尽管花费不多却弥足珍贵。女人到老了就会懂得，浪漫才是熨贴心灵的良药。其实最值得女人珍藏和惜守的，不是金银财宝，不是衣帛珠花，而是可以耐得住反复咀嚼回味的幸福时光。

四

老妇人的脸上，笼罩着一层红润润的光，她的内心深处，涌荡着春风一样的柔情。虽然那个曾经的人、那些曾经的时光均已远去，可是这些叶子仍在，浪漫的回忆便会成为永恒！仿佛她仍是当年那个豆蔻花开的妙龄少女，一位帅气的小伙子正快步走来，并亲切地唤她的名字：

嘿，阿真！快看这些叶子上的照片——

爱情烧饼

　　春风路那个小小的烧饼铺前，照例挨挨挤挤地排起了长队。

　　一位女孩也挤在里面，随着等候买烧饼的人群缓慢地前移。她不停地焦急张望着，眼里突然盈满了晶莹的泪花，只一个转瞬，又硬生生地憋了回去。

　　渐渐地越来越近了，再有个三五分钟准能买上。她不由得暗暗松了一口气，主动跟旁边的人搭讪着说，终于快要轮到了！我男朋友还在那边等着哩，他肯定急坏了。

　　恰在这时，后面的人群有了些微的骚动。朝后望去，原来是一对七十多岁的老夫妇也来买烧饼。老先生老太太都是满脸皱纹，衣衫破旧，一看就是久居乡下的憨厚老人。老太太紧紧偎依在老先生身后，脸上还挂着一丝羞怯。老大爷说，他们一辈子都在偏远乡村里生活，今天是第一次结伴来到县城，因为老伴患了重病，将不久于人世，但她有个未了的心愿——进城吃一次传说中最好吃的"芝麻酥烧饼"。于是，老两口一路搀扶着，坐了四个小时的公共汽车赶来，一来是想让老伴开开眼界，二来也想满足她想吃酥烧饼的心愿……

　　当大伙得知这个情况后，纷纷请老夫妇加在自己前面。老大爷絮叨着，不停地道着感激。众人纷纷退让着，很快就到了女孩的面前。女孩也本能地退让着，想请老夫妇加在自己前面。女孩暗暗羡慕起这对相濡以沫的老夫妇了：老太太尽管满脸沧桑，可她是幸福的，也许这就是执子之手、与子偕老的爱情吧？自己若能与心爱的人也这样度过此生，哪怕吃再多的苦也心甘情愿！

迟疑了一会儿，她犹犹豫豫地开了口：老人家，我……想拜托您为我捎上四个烧饼，可以吗？

身后的人不答应了，纷纷指责她加塞儿。她的眼睛里顿时涌上了委屈的泪花：对不起，我是来为我男朋友买酥烧饼的，他平时最爱这一口。可是，他今天突然提出要跟我分手！我不想分手，因为我还爱着他，我就想让他最后再吃一回我买的烧饼！他肯定在那边等急了……

一霎时，人们都沉默了。老太太疼惜地伸出自己粗糙的手，替她抹了下眼泪，慈祥地说：孩子，还是你先买吧，我们不着急。他吃了你买的烧饼，说不定就回心转意了呢。

感动得她连声道谢。很快，四个热乎乎的烧饼，递到了她手上。她转身刚要走，却惊谔地愣住了，原来她发现，男朋友就站在自己身后，似乎把刚才发生的事情全看在了眼里。

对不起，我没想到你会专门来为我买烧饼。小伙子说着话，拿起一个烧饼递给女孩，你也吃，咱们俩一起吃。又将另外两个递给老夫妇说，老人家，我请您俩也赏光一起吃，让俺们借光您二位白头偕老的福气，好不好？

女孩似乎听出了他的弦外之音，惊喜地追问，你，你说什么？小伙子说，我承认，就是刚才这个烧饼打动了我，你的执著让我感动。知道你这么爱我，我……又不想分手了。当着这两位老人家的面，我发誓：你买的烧饼，我吃，吃一辈子！

老大爷不糊涂，双手接过小伙子的烧饼，递给老伴说，吃吧，老伴，孩子请咱们吃哩。老太太撇着掉光了牙齿的嘴，费力地咀嚼着，嚼得严肃而庄重，像在完成一项艰巨而神圣的使命。

女孩也把烧饼塞进嘴里嚼着，嚼出一脸的泪……

爱情，有时候就是一个烧饼。

（刊发于《燕赵晚报》2011 年 2 月 14 日）

织布的木兰

　　一匹匹棉布嫁妆铺展开来，把木兰家宽敞的阳台变成了一个花花绿绿的世界。

　　春光明媚的上午，木兰把藏在柜底的家织布统统翻找了出来，一幅幅地摊开，晾晒在和煦灿烂的阳光里。乡下所谓的"晒春"，就这样被木兰复制在繁华都市的阳台上。伫立在自己的嫁妆丛中，木兰久久地端详着，"哐当哐当"的织布声又一次回响在耳际。

　　十六岁那年初春的一个上午，木兰一眼瞅见织布机，就痴了，傻了。仿佛一只张着篷的船，静静地停泊在那儿，就等她驾临似的；又似一座春深的闺阁，是可以让她敞开少女心扉，又隐匿青春秘密的所在。这是木兰有生以来第一次接触织布机，她轻轻走过去，这儿摸摸那儿弄弄，一副神魂颠倒的样子。

　　掂起那张坐板，抬手担在织机上，屁股一翘坐了上去。木兰两只玉葱似的小手拿把梭子来回比划着，羞涩地说，娘，你看你看，若是搭上五彩线，这织机多像红红绿绿的大花船呀！娘有风趣，逗她说，我看呀，更像戏文里的千金小姐抛绣球选婿的彩画楼……一句话，让木兰俊俏的脸蛋泛起一片绯红。

　　当五彩棉线搭上织机，三比划两比划的木兰就会了。两只巧手左右翻飞，一把梭子流星赶月般在彩线里穿行，看得人眼花缭乱。一匹匹织下来，八砖铺地、平地起谷堆、长流水、竹竿节、鲤鱼眼等各种花型图案都有了。看到别人有的稀罕花样，不甘示弱的木兰自然也要织出来。每到吃饭时，总得娘三趟两趟地叫，仍舍不得离开织机。娘把饭菜端到她眼前，木兰三口两口吃点，碗一推又织开了。有时为了赶活，饭凉了都顾不上吃，心疼得娘一个劲儿嗔责：这傻女子，不兴这么做活的，敢情不要命了？

不要命了么？才不呢！一个小伙子挺拔健硕的身影一直浮在木兰脑海里，怎么挥也挥不掉。他是木兰的未婚夫，开春时两人刚刚订了婚。他清秀的脸庞在眼前的五彩棉线中若隐若现，那腼腆的笑容令木兰的心湖泛起丝丝涟漪。娘哪知道，木兰的心思一如眼前跳跃的彩线，斑斓得很哩。没有人知道，这个织布的怀春少女，同时也在编织自己的爱情呵！

轻轻抚摸着每一匹棉布，传递到手上的那股子温暖，让木兰隐隐地生出如许的幻想：黄昏时分，落英缤纷的乡路上，一对年迈的老夫妇互相搀扶着，走回那个温馨的铺满家织土棉布的家里——席梦思上的床单被褥，是用那块八砖铺地的棉布做的；沙发罩布，是用那块竹竿节的棉布做的；椅子坐垫，是用那块鲤鱼眼的棉布做的。老夫妇闲来无事，围坐在一起打打牌，撇着掉光了牙齿的嘴回忆一段陈年往事。这样的情景，也许就是所谓的白头偕老吧。

可是等到木兰结婚的时候，新房里的豪华席梦思上用的却是一千多元的八件套，是老公从大商场里买来的；她手织的这些棉布嫁妆，丝毫没排上用场。订婚后不久，木兰的他就去了城里打拼。就在那一年，仿佛一阵风似的，家织棉布忽然不时兴了，木兰这个年龄的女孩子，成了那个时代最后的"织女"。早知这样，才不费那么大劲织它们呢。她一迭声感叹。可说归说，家织布仍是木兰的最爱。轻轻抚摸着它们，那个怀春少女埋头织布的剪影在脑海里渐渐清晰——当年她在织它们的时候，曾织进多少情意，织进多少对未来生活的憧憬啊！

木兰，快，给我裁两米土棉布。老公突然冒出来的一声嚷，打断了木兰绵长的思绪。

你一个大老爷们儿，要家织棉布做啥？木兰诧异地问。

老公却不往深里说了，只催，让你裁就裁呗，问那么多干啥？再说了，你那些宝贝棉布在那儿白搁置着，不怕放霉了？

这贫嘴式的调侃让木兰有些厌烦。她猜到他可能是要拿布去送人，心里甚是不悦。尽管不情愿，木兰却找不到任何可以拒绝的理由。他说得没错，这些年来，木兰的家织布一直静静地躺在衣柜的角落里，每次看见，总引来木兰一阵叹息。半个月前在小区门口，木兰看见两个妇女驮着各色被单在吆喝。一问才知道，随着家织棉布在市场上的走俏，一些怀旧的老头、老太太宁愿拿两床针织被单换一床棉布被单。他们说棉布发暖，躺上去舒服。木兰二话不说上了楼，自家那么多棉布呢，放着也是放着，不如拿去跟人家兑换一些？可当木兰翻找出来，抚弄抚弄这一块，舍不得；摸挲摸挲那一块，也舍不得。她久久地抚摸着它们，传递到手上的那股子温暖，让木兰的思绪一下子回到了那个织布的时代。当年芳心暗许的初恋滋味、和对婚姻的朦胧向往一次次潮水般涌来，涤荡在心头。这一匹匹如练似索的家织布，却未能拴住老公的身影，在商海里如鱼得水的他，几乎十多天没有回过家了。日子好了，可老公的心，也缥缈成了高天上的流云，踪影难觅了。

"木兰，快给我裁布呀！那些棉布白搁置着，不如让我去派个用场。嘿嘿。"老公在连声催促，打碎了木兰的美梦。暗自长叹一声，木兰毅然挥起了剪刀，她裁布的动作迅捷而利落。老公哪里知道，此刻木兰的心在淌血，冰凉的剪刀裁断的哪是布，分明是木兰曾经美好的回忆啊。递给老公时她别转头，不想让他看到眼底的凉意。

老公拿上棉布走了以后，木兰突然四肢瘫软了一般，一屁股蹲在地上，仿佛一颗心也被他拿走了。木兰的眼角淌下几滴清凉，是哀伤的泪水。

出乎意料的事情发生了。

没想到事隔多年，木兰还能坐进织布机里，让"哐当哐当"的歌谣再次唱响。她的两只手依然像当年那样灵巧，一把梭子左右翻飞，流星赶月般在五彩棉线里穿行，看得来来往往的游客眼花缭乱，啧啧称奇，纷纷与她合影留念。这是市区新开发的一处旅游景点，木兰与十多个穿戴簇新的织布女，成了景区一道靓丽别致的风景。

原来，在两个月前，市旅游局打算在新开发的景点安排非物质文化遗产展演，古老的土纺织技艺自然也名列其中，他们正在招募会织布的时尚女性报名参选呢。老公当然懂得木兰的心思，他拿着她亲手织的那匹家织布报了名，经过多次竞争层层筛选，最后幸运地中选。以后的日子，木兰可以每天端坐在景区里为游客作织布表演了！仿佛做梦一般，木兰感觉织布机真像一位久违了的爱人，多年来一直静静地敞开它温暖的怀抱，时刻准备接纳、拥抱自己似的，今天，它终于等到了主人的驾临。

傍晚回到家，木兰努力掩饰着心头的喜悦，对老公嗔责道："这么好的事情，你咋不早告诉我呢？害得我难过大半天，我还以为你要拿棉布去送人哩。"

老公调侃地说："送人干吗？我舍不得哩，咱们自己留着吧。到老了，我想还是家织土棉布用着舒服、暖和。"

木兰充满爱意地瞅了老公一眼，突然忘情地扑进了他的怀抱。偎在那个温暖宽厚的胸膛里，仿佛坐在当年那只诗情画意的大花船里。

南瓜粥里的温情

正在外面闲逛呢，忽然落起了小雨。她猛想起，晒在窗台上的南瓜忘了收。南瓜一旦淋了雨，很容易烂掉的，何况那几只南瓜还是年前买的，一直没舍得吃。她再也逛不下去了，跟女伴打了个招呼，就急匆匆地往家里赶。

一路上，有股莫名的渴望陡然涌上来，涨得心头满满的。她渴望一进门，发现男人正手脚忙乱地往屋里收南瓜。年前的南瓜能搁置到现在，不容易，那南瓜就不再是普通的南瓜，成了心头宝了。有个人帮着惦记这些南瓜，会让她感到温暖。可男人出差在外半个多月了，如果他能恰好在这一刻出现在她面前，该多好呵。可当她满怀心事地赶回家，一眼瞥见窗台上的南瓜正孤伶伶地淋着雨，顿时心也像被雨淋着，凉凉的了。

她本是个江南女子，却嫁到了北方的这座小城。一开始，她很不喜欢这里，春天风沙大，刚入冬就冷得出奇。但这里却有个她喜欢的男人，还有，她爱吃的南瓜粥。

这里出产一种南瓜，外表暗黑且疙里疙瘩的，但肉质坚硬，和着小米熬成粥，吃起来面甜爽口。如果再放上百合、莲子、红枣以及冰糖，简直就是无上的美味了，让她在整个冬天里有了念想。就像她的男人，虽然貌不出众，但举手投足间带出来的那股子"憨劲儿"，却让人心里踏实。每年从南瓜一上市，她就顿顿离不开南瓜粥了。有了这样的男人，有了这样的南瓜粥，她的心才算安定下来。渐渐地竟迷恋上了这里，眼中的小城也诗情画意起来。

美中不足的是，男人不喜欢吃南瓜粥。他最爱吃外面的餐馆，昨天刚过罢涮锅瘾，今天就想吃卤煮，说不定明天又该馋烧烤了，仿佛永远吃不厌似的。她只好自己在家熬南瓜粥。很多时候，她在厨房里熬着粥，不知不觉地，一种渴望的火苗就从心底燃烧起来。她渴望男人也能喜欢上吃粥，仅仅为了陪自己。想想吧，两个人脸对脸坐着，各自端只粥碗往嘴里划拉。男人吃粥会发出很大的响声，呼呼噜噜的，香甜的声音让她感到舒坦而熨贴。那才是真正的夫妻二人的烟火日子。有心爱的人陪着吃心爱的粥，该是怎样一种幸福啊。但每次，渴望的火苗总悄无声息地熄灭——这幸福于她，似乎是一种奢望了。

她就纳闷：这么好的南瓜，生在出产地的他咋就不爱吃呢？而她，千里之遥嫁到这里，怎么偏偏好这口呢？一个人的粥一熬就多，她吃不完时，就劝从外面归来的他也吃一碗。每次劝他吃粥，说得轻了，爱搭不理；劝得狠了，才像迁就谁似的吃上两口。她无奈地叹着气，把剩下的粥全吃下去，吃得胃里撑撑的，一肚子不舒服。

春节临近时，男人突然被公司里安排出差，要走十多天的样子。恐怕连年也不能在家里过了。尽管有些不舍，还是依依地和男人分别了。男人走后，她独自守着空荡荡的房间，一颗心也变得空荡荡的了。跟男人通过几次电话，他说他们在外面的伙食不错，几乎每天美味佳肴，遂放了心。而她，一个人的日子总是对付，粥也懒得熬了。摆放在屋角的几只大南瓜，又被她搬出来放到向阳的窗台上。

可是且慢！还未等她的一只脚跨进房门呢，就先耸起了鼻子，边四处嗅着边嚷：好香！八成是谁在熬南瓜粥吧？难不成是他……回来了？

果然，男人从里面迎了出来。她心头一阵惊喜，接着又纳闷：怎么他出了一趟差，也爱吃南瓜粥了？她热切的眼神上下打量着他，不放心地嗔责，会熬吗你？怎么不等我回来熬。说话间已快步走进了厨房，她打开锅盖一看，嘿，熬得粘粘乎乎的，恰到火候。心底暗暗赞了一声，嘴里却问：这几个月在外面天天下馆子，山珍海味吃腻了啊？

男人认真地说：那些东西还真吃腻了，如今就想吃一碗香喷喷的南瓜粥。

她爱怜地朝男人的额上戳了一指头，说：还不承认，其实也是个吃南瓜粥的命！哎，你啥时学会熬粥了？

他说：这次出差，认识了一个朋友特会熬粥，跟他现学的。她不以为然地说，你平时又不爱吃粥，学这个干什么？

他兴奋地说：给你熬呀！我不爱吃粥，还不能为爱吃粥的老婆大人熬碗粥呀？那句话咋说的？爱老婆，就给她熬碗粥！最后这句话，逗得她心花怒放起来。

半月小别，丈夫的眼神里透着许多牵挂，一举手一投足都带着疼惜的意味。

她娇嗔地回了一句：哼，啥时学会耍贫嘴了？说着话盛了一碗南瓜粥，犒赏般地先递给了他。

男人接过粥碗刚要吃，忽然说，这南瓜是年前的吧？那就是隔年瓜了。听老人讲，吃了隔年瓜，活到九十八。希望咱俩九十八岁的时候，还能象这样坐在一起吃南瓜粥。男人话音刚落，她"扑哧"一下，就把吃到嘴里的粥全喷到了地上。

怎么？我熬的粥不好吃么？男人疑惑地问。

她抹了把呛出来的泪，大笑着说，不是啊！我是想九十八岁咱俩该是啥样子？头发白了，牙齿也掉光了，一双老手哆哆嗦嗦的，还能端得动粥碗吗？

男人却不笑：认真地说，端不动粥碗，总拿得住匙子吧？那就你喂我一口，我喂你一口呗。张嘴！

随着他的一声喊，一勺子南瓜粥已经伸到了她嘴边。她听话地张开了嘴，吞下了男人递来的粥。紧接着，他的一张张得很开的嘴巴毫不客气地凑到了她眼前，还发出"呜呜"的声音。她明白这是在等她来喂，就把一勺粥也塞进了他的嘴巴。粥不烫，他却一蹦高跳了起来，嘴里咕哝着嚼，一脸开心的笑容。

一间房，两口子，热乎乎的南瓜粥。爱吃粥的女人，会熬粥的男人。幸福的瞬间，也仿佛是一辈子。眼睛突然就湿了。怕男人看见，她赶紧埋下头喝粥，到底忍不住，还是让几滴泪水落进了粥碗里。

幸福就像南瓜粥，一把米，两碗水，几块南瓜，掺和着下到婚姻的锅里，架在情感之火上慢慢熬，尽管有些庸常、琐细且平淡，只要把握得好火候，耐得下心思，熬出来的爱情之粥却滋味绵长，令人心暖。

一串冰糖葫芦的爱情

他，在一家餐饮店上班，每天晚上 10 点钟才能打烊。下班后，他不会马上回家，而是穿越七八条街道，朝一家食品小超市赶去。冬夜，清冷的街道上人影稀少。他想为女友捎一串冰糖葫芦，在这个时候，只有到那种 24 小时营业的商店里才能买到。

劳累了一天的他已经很疲乏了。绕过很远的路，拐过街角，那片明亮的灯光猛然映入了眼帘，顿觉心头一阵温暖。站在糖葫芦摊位前挑拣了半天，最后他央求说：老板，能不能为我重新粘一串？我可以加钱，因为我女朋友喜欢吃刚出锅的。老板答应了。他点燃了一支烟，立在那儿边抽边等。

往常这个时刻，对他来说，是异常幸福的。入冬的冰糖葫芦最好吃，咬上一口嘎嘣脆，那叫一个爽口！脑海里浮现出她馋糖葫芦时的可爱样子，心窝里涌起一股甜丝丝的滋味。相恋半年多来，只要糖葫芦一上市，他每天都要给她买一串，从未间断。从爱上她的那一刻，就知道她爱这一口，发誓要为她买一辈子的。

可是今天，他的心情正如这寒风彻骨的冬夜，有些糟糕。早晨临出门时，突然发现昨夜的冰糖葫芦并没被她"消灭"掉，而是静静地躺在地上，沾了土。这在以前，是从未有过的事！心头"咯噔"一下，登时被纷乱的猜疑占满了。仿佛看见她撅嘴的样子，她嘴上不说什么，心里可能对他有所抱怨吧？他想。凝视着地上的冰糖葫芦，就像凝视着一段甜蜜的过往，直到大脑里只剩下一片空白。他走过去弯了腰捡起，心疼地吹了吹上面的尘土。但他知道，糖葫芦一旦沾了尘，吹是吹不掉的。

　　不知这串糖葫芦买回去，还会被她扔在地上么？望着手上这串晶莹如花的冰糖葫芦，他不由得叹息了一声。以后她还会在家里巴望着他的冰糖葫芦吗？以往的幸福还会有吗？

　　回到家，发现她已经躺下了。记得她说要去朋友家的。愣怔片刻，没敢惊动她，只把那串冰糖葫芦悄悄地搁在她的床头，就默默地洗漱后睡了。一躺下，很快就进入了梦乡。

　　他不知道，她其实并没有睡着。听身边响起了微微的鼾声，她又轻轻地坐了起来。映入她眼帘的，是那串又大又红的冰糖葫芦，似一捧晶莹剔透的花束令人馋涎欲滴。心头顿时翻涌着一股说不清的滋味。早上接了朋友电话，她就慌忙起身穿衣，不小心把那串冰糖葫芦碰落到地板上。当时也没觉得怎么，更没顾得上去捡。从朋友家出来，已是晚上10点钟的样子，忽然非常想吃冰糖葫芦，就沿着大街寻找。清冷的街上光秃秃的，卖糖葫芦的店铺早已关了门。越吃不到嘴里越想吃。她犯了犟脾气，一连找了两三条街，终于看到一家昼夜营业的店铺还亮着灯，不由得喜出望外地赶了过去。可是很快，她的双脚猛地停住，往前一步也挪不动了。她发现摊位前伫立着一个熟悉的身影。她猜他是刚下班，也在买糖葫芦吧？可是这里离他下班的那条路太远了，隔着七八条街道呢。他绕这么远，只为买一串冰糖葫芦？自己在冬夜里吃了那么多串冰糖葫芦，难道是他绕这么远的路买的？她不敢往深处想了，掉转头逃似的赶回了家。刚躺下不久，他就举着一串冰糖葫芦进了门。

　　缓缓地，她拿起了这串冰糖葫芦，却不忍心下嘴。红玛瑙串般的果子，晶莹如花的糖衣。能每天拥有一串令人心暖的冰糖葫芦，多么幸福！吃糖葫芦这么久，今天才发觉，它在自己的生命里是如此的重要和珍贵。终于，很小心地咬了一口，慢慢嚼着，那酸中带甜的滋味，一下子让眼睛湿润起来。

　　第二天一大早，当他揉着惺忪的睡眼走出卧室，竟意外地发现餐桌上刚好摆上了热气腾腾的早点。他一下子愣住了。扭头，发现她正斜倚在厨房门口笑吟吟地望着他。他不禁使劲揉了揉眼睛，以为自己在做梦呢。他喃喃自语地说，怎么可能？我在发呓怔吧？昨晚我梦见得到了你的一个香吻哩，酸酸甜甜的！他疑惑地抬手抹了抹额头，又放在鼻子下嗅着，一股冰糖葫芦的清香依然隐约可闻……

刻在生命里的小木人

袅娜从杂物间的角落里翻出一只旧箱子，箱子里盛的是老公当年卖剩下的小木人。她把它们一一捡出来擦拭着、抚摩着，眼泪像断了线的珠子从脸颊上滚落。任由泪水恣肆地流淌着，袅娜开始爬高下低地忙活起来。她把小木人一个个悬挂在客厅里、书房里，还有卧室里——尽管这卧室老公已好久没进来过。涂满红漆的小木人似一串串风铃又如一枚枚情人结，在宽敞明亮的房间里悠来荡去的，让一向冷清的家里显得喜庆热闹了许多。而做完这一切的她，却趴在床头无声地抽泣起来。

袅娜没想到老公竟然挑明了要离婚。他用很歉疚地口气说："都是我不对。可事到如今，你就算拴住我的人，也拴不住我的心了。只要你同意离，提什么条件我都答应。"

看袅娜沉默不语，老公又说："哪怕把全部财产都留给你和孩子，我净身出户也行。这样我心里会好受些。"

袅娜只觉心如刀割：他竟拿奉赠财产来掩饰自己的荒唐，从而把搪塞一份夫妻情义变得心安理得。这还是那个发誓要为她刻一辈子小木人的男人吗？不！如今他已是腰缠万贯、年富力强，整天出入于灯红酒绿场所的家具城老板，；而袅娜呢，则是默默伺候他饮食起居的可有可无的半老徐娘。袅娜感觉眼泪就要掉下来，却又用力忍住了。她说："我要那么多钱干什么？当初多穷困的日子都挺过来了！离婚也不是不可以，只要满足了我一样要求，我就签字。"

老公不解地追问："什么要求？"

袅娜一字一顿地说："再为我刻上一百个小木人！"一句话，说得老公愧疚地低下了头，明白袅娜是恨自己忘恩负义了。

三个月之后，老公真的拿着一百个小木人来找袅娜了。袅娜颤抖着双手把小木人接过来，一只只地数够了，抬起头来凝视着老公的眼睛说："好，我说话算数。离婚协议呢？我签字。"口气异常的平静，就像当初帮老公往小木人身上涂色，问他要颜料一样。没想到，老公突然扑倒在袅娜的脚边，羞愧地说："是我辜负了你，原谅我吧！我……不想离了！"

原来，当老公多年后再次拿起刻刀，才发觉自己真的变了很多。以前只要拿起凿子、錾子，一切烦恼和忧愁都会抛到九霄云外，如今却有些不习惯了。老公一刀一刀地刻着，当年的一幕幕情景又浮现在脑海里——

那时他们初来城里打拼，好不容易筹借来的几百元钱眼看要花光了，仍没找到可以糊口的生计。偏偏这个时候，袅娜又怀孕了，需要增加营养。他俩心里都很焦急。老公在老家做过木工，刨、凿、锯的手艺样样都能来一手，出来时也没忘了带着工具。可是，他走街串巷吆喝着奔波一天还赚不了两人的吃喝。怎么办？

这天，他去附近的木材厂找活干的时候，顺手捡回一块废弃的木料。回到家，手闲技痒的他随手雕刻了一个小木头人，只为逗怀孕的袅娜开心。这小木人被他刻得惟妙惟肖的，涂上鸡血，非常的逼真好看。

袅娜被他手中的小木人逗乐了，忽然她灵机一动：这不就是一条挣钱的活路吗？袅娜把这个突发奇想跟老公一说，老公摆弄着小木人问："这个，行吗？"不过很快，他们就决定试一试。老公花几元钱又从木材厂买了些废木料，专心地动手雕刻起来。几天工夫，家里已经摆满了十几个各式各样的小木人，而且老公雕刻的技术越来越好，速度也越来越快了。袅娜拿起来一一端详着、赞叹着，夸奖他良好的手艺。

老公疑惑地问："你说，城里人会买咱的小玩意儿吗？"

袅娜异常坚决地说："会！这是咱凭真工夫辛辛苦苦刻出来的！明天你去小孩子多的地方转悠，肯定能卖出去！"

第二天，果然一下子卖出去 6 个。眼看着这么容易就赚到手的二十多块钱，他俩不禁心花怒放。从此他每天晚上雕刻，白天出去走街串巷转悠着卖。有了钱，买来各色颜料，袅娜也给他打下手，帮他涂抹颜色。小木人的生意一直不错。

闲下来的时候，袅娜就依偎在老公怀里感慨着："真是天无绝人之路啊！要不是这一个个小木人，咱该到大街上讨饭去吧？"

老公也感慨着说："老天有眼，让我找了你这么个好女人。要不是你心眼活泛，我纵有手艺也白搭。"

袅娜笑了，问："那你打算怎么感谢我呢？"

老公亲吻了一下袅娜的额头说："我打算就这么一直刻下去，刻它一辈子。只要我不停地刻，就有咱的好日子过。你信不信？"袅娜肯定地点点头："嗯。"

如今，日子好得不能再好了，老公早已不刻小木人，也把当年刻小木人的誓言给忘到爪洼国了。同时忘记的，还有过去的苦难与恩爱。老公对他自己的荒唐泪流满面，羞悔得一直把脸埋在袅娜的裤腿间。

看老公跪倒脚边乞求原谅，袅娜猛然全身瘫软了一般跌坐在地，嚎啕大哭起来，边哭边用头使劲地撞他的胸脯。说实话，袅娜是坚信老公终会回头的。男人可以忘掉苦难，忘掉恩情，却永远忘不掉当初那段刻骨铭心的艰难打拼历程。

袅娜也一样，初嫁老公时，并不觉得怎么爱他。是后来夫妻二人共同面对生存困境，老公为了养活她和她肚里的孩子夜以继日地雕刻小木人的时候，一颗心才被彻底打动了。那时候，袅娜凝望着埋头雕刻的老公，觉得他每一刀都刻在了自己的骨子里。老公白天出去走街串巷时，袅娜就呆在家里没来由地担心他、牵挂他，直到看着他笑眯眯地走进门来的那一刻。

十几年来，袅娜每时每刻都是这么惦记他的呀！不知从什么时候起，老公却不需要她的惦记了！这怎能不叫她痛断肝肠呢？

哭够了，也撞够了，袅娜说："要我原谅你也行，你能答应我，无论多忙每天必须刻一个小木人给我吗？"老公说："我答应，我每天刻，一直刻到闭眼。"

半年后的一天，是袅娜的生日。这天，老公特意把她和儿子请到了一家最豪华的酒店，点全了所有的拿手名菜来为袅娜庆祝。袅娜嘴上说："干吗这么破费？"可心里还是挺高兴的。

儿子笑得一脸的灿烂，十五岁的大小伙子一点没察觉到自己的家庭刚刚渡过破裂的危险："爸，你为了我妈还真舍得呀！"

老公故作神秘地说："菜再名贵，在你妈眼里也不过是道菜。我还为你妈准备了更好的礼物哩！"

儿子惊叫起来："行啊老爸，还会来这一手！到底是什么呀？快拿出来让我们瞧瞧。"袅娜却已经猜到老公的礼物是什么了，心情仍是一阵激动，看来他的心是彻底收回了！而这物件，注定是要深深刻印在他们俩的生命里了。

当老公把涂了鸡血红的小木人亮出来后，儿子失望极了，嘟囔着说："这算什么礼物呀？妈妈，你会稀罕这破木头吗？"

儿子不经意的话，让袅娜的双眼倏地泛起了晶莹的泪花。她很想告诉儿子：那不是破木头，那是你爸的一颗心。其实我今生最想得到的就是它啊！

（刊发于《家庭生活指南》2008 年 4 期）

手腕上的茑萝花

　　闫妮是牵手酒吧里的常客。她特别能喝，经常梗着脖子跟我们飙酒，人送绰号：女酒篓子，其狂饮的豪情可见一斑。独自端杯凝神时，总见她烟不离口，氤氲的烟雾模糊了那张如花的容颜；更多时候，是跟几位相熟的朋友喝到兴起，吆五喝六地划拳，嚷起来比大老爷们儿的嗓门都高。比划赢了，哈哈一笑骂声你手真臭；比划输了，一仰脖儿大酒杯子就见了底，特爽快！

　　时间长了我发现，无论冬夏寒暑，她都穿一件长袖衬衫，袖口扣得严严实实的。听朋友讲，这个女子一根筋，轴得厉害，曾经看上个男的，处了一段时间之后，男的移情别恋了，她一时想不开就要割腕殉情。得亏被人发现得早，才没枉送了性命。知道这事以后，她再主动跟我攀酒，我就加了小心，不敢再像以前那样跟她黏糊了，怕再闹出个好歹来，惹事儿上身。可在牵手酒吧里，除了见她穿梭似的到处找人飙酒，倒也没有任何出格的事情发生。

　　一天，酒吧里来了一对恋人，两人亲亲热热地刚要坐下，冷不防就见闫妮端着杯酒凑了过来。那个男的瞅见是她，立刻变了脸色，拉起女的抽身想走。说时迟那时快，只见闫妮飞快地一扬手，杯中的酒兜头泼了过去，扬了那人一头一脸。女的不明就里，还想跟闫妮理论，男的不由分说，拉着女友就往外跑。闫妮追着高声叫骂了几句，回头得意地哈哈狂笑着，对我说，哈，终于出了一口恶气！来，哥们儿，今天咱痛饮它三百杯，谁不醉谁是孙子！

　　她喝得很猛，无意中杯子里的酒顺着手指流下来，淌进她的手腕处。

许是她真的有些醉了，许是嫌袖子箍得不舒服，就很痛快地把袖口解了，袖子挽得高高的。我一眼瞥见闫妮的左手腕上，蚯蚓似的趴着两条触目惊心的疤痕！她一杯接一杯地往嘴里猛灌，后来就再也控制不住了，扑在吧台上失声痛哭起来。

我们几个跟她相熟的朋友面面相觑，不知道该怎么办，悄声商量着是不是要将她送回家去。正没结果呢，只十几分钟光景，谁知闫妮已经抹干眼角，没事儿人一般走了过来。她到处找人碰杯，很快又谈笑风生了，让人怀疑刚才哭泣的人根本不是她。

这究竟是个什么样的女子？

这时候，大厅里忽然一阵乱嚷。原来，一个刚刚失恋的男人，手拿一瓶安眠药，在酒吧里叫嚣着要自杀。众人七嘴八舌纷纷解劝，怎奈好话说了三千六，仍不见他回心转意。大家正没辙呢，闫妮过来了，她云朵似的飘到男人身边，客气地一伸手，嘴上说哥们儿，交个朋友。不等男人反应过来，那只手一个上翻扬起来，狠狠地抽了他一个响亮的嘴巴！男人本来委屈得要寻死觅活，这下就光剩下气愤了。

闫妮撸起袖子，露出左手腕那一圈触目惊心的伤疤给男人看。然后坐到男人对面，开始了喋喋不休的唠叨：你吃那药没用，吃上一斤，顶多吃成个植物人。我这割腕也不行，割腕咽气特慢，这事我有经验。咱接着想别的招儿。

跳楼也不好，你得先选择好楼层。太低了，摔成截瘫死不成活受罪；太高了，骨架子都摔散了还得别人用塑料布兜起来。

开煤气不行，现在都用天然气，没毒。

跳河吧，死了以后早晚得浮起来，泡成个难看的大胖子，一准衣服早冲没了，一丝不挂给上千人展览。不过也算落个全尸，你爹妈认你的时候恐怕有点难度，如果你身上有胎记那就好办了。

要死就死利索点，别让二老牵挂。其实也没什么，看你这年纪，用不了多久，你们全家在那边就又见面了，有照相馆的话还能拍全家福。别担心那些惦记你的人，你死你的，他们伤心活该，真有放不下的，绝对过去投奔你去。你在那边买房，记着面积大点房间多点，不然住不下。

别哭，真正伤心的人都不掉眼泪，讲究的就是一个麻木。……

男人先是瞪着俩大眼睛听，后来就龇牙咧嘴的，最后往嘴里猛灌了几口酒，抬腿走人了，连单都忘了买。

三言两语平息了一场风波，那小子得救了。我在边上看着那叫一个爽啊，钦佩地目光一直打量着闫妮，头一回发现她竟然那么耐看。我特意叫了瓶伏特加，犒赏般对她说，救人一命，胜造七级浮屠。你今天功德无量啊，干！

闫妮与我连碰数杯，喃喃地问：我刚才……是不是特傻？我呵呵一乐：不是特傻，就一般的傻。

此后很久，酒吧里竟不见了闫妮的影子，大伙挺纳闷的，都打听她。忽一日，接到一张大红请柬，原来她要跟人结婚了。婚礼那天，我们几个相熟的朋友都去了，看见穿上洁白婚纱的闫妮，平添了许多婀娜的风韵，有一种凤凰涅槃的美艳。我特别留意到，她那天穿的是一袭短袖婚纱，左手腕上扎了一圈宽宽的金丝缎带，上边别着一对小巧的茑萝花，真好看。

（刊发于《合肥晚报》）

梨花节浪漫曲

手机响起的时候，女友纤纤正色眯眯地盯着电视里那个叫苏晚的男歌手看个没够。阳光帅气的苏晚是本市刚刚窜红的明星，也是纤纤最最崇拜的偶像。她常常拿我跟他作比，不是嫌我长得不够挺拔不够帅，就是嫌我不够浪漫没情调。

刚开始，我不想跟她计较，一来她平时没什么不好，就爱崇拜个男女明星，还能不让她有所感触发发牢骚？二来我觉得因为这点破事两个人整天争吵，不光朋友、同事知道了看笑话，自己的心脏、血压也受不了。

哪知后来，纤纤的唠叨越来越升级，我忍不下去了，就说："既然你看这个苏晚好，咋不找他做老公？屈尊降贵找我这没才没貌的干啥！"

纤纤也不甘示弱："找就找，兴许人家苏晚对本小姐一见就钟情了呢！当初也不知怎么犯迷糊，作了你的爱情俘虏！"

我说："那好，你也甭委屈，咱明天就一拍两散。"纤纤鼻子眼里哼了一声，没言语。

撂下电话，我就兴奋地喊了一嗓子："别看那个破晚会了。刚才我的铁哥们儿虎子打来电话说，他们乡下的梨花开得正盛，乡里牵头搞了一个'梨花节·乡村游'的旅游项目，可热闹了！他热诚地邀请我们去赏梨花。还特别交代，一定要我带上你这位小鸟依人的漂亮女友。怎么样，去不去呢？"

纤纤一听能欣赏到美丽的田园风光，霎时情绪高涨起来，嘟嘴撒娇催促着赶快走赶快走，正想饱览"忽如一夜春风来，千树万树梨花开"

的美景呢。她这份浪漫的激情也感染了我，二话没说，我俩匆匆收拾了一下，就驱车往老家赶去。

一路上的乡村美景让纤纤连声惊叫着。见到铁哥们儿虎子后，还没等人家尽地主之谊，她就按捺不住提出要和我单独到各处逛去。顾不上理会虎子不怀好意的挤眉瞪眼，我转身就要去开车。纤纤叫嚷起来："开什么车？在乡野里漫步也是一种享受哩！你没见电视剧里的男女主人公，就经常在一望无际的乡间小路上溜达着谈情说爱？嘿，那感觉多棒！"她颇伤感地叹口气说，"唉，跟你说也是白浪费唾沫星子，老土！"嘴里说着这些话，还是让我挎住她的胳膊，两人一路溜溜达达地往外走去。

赏够了梨花，品尝了农家餐馆的美味，不知不觉天色就暗了下来。我已累得够呛，纤纤却依然兴致勃勃的样子。难得她如此开心，我只好强打精神陪着。是初春的夜，风一起，乡下空旷的田野上回荡着尖利的哨音。夜色又浓，路两旁那些低矮的小树，星光下怎么看都象恐怖的鬼影子在张牙舞爪地晃动，看得纤纤心里直发毛。她一只手使劲攥着我的胳膊，身体也紧贴了上来，眼睛不安地向四周环顾着。

我知道她害怕了，就安慰说："别怕，有我在嘛！顶多再有个三四里路就到了。"话音未落，我忽然发现前方不远处的路上有一团黑影！就嗓音发颤地喝问："谁在那里？"吓得她"哎呀"一声尖叫，就往我怀里钻。

我抚摸着"砰砰"直跳的胸口，好大一会儿才定下心神，走到近前一看，那黑影竟是个年轻小伙子倒卧在那里。他满身是血，双目紧闭，我边推边喊："喂，喂喂——"那小伙子不吭声也不动弹。我把手探到他的嘴边，还有微弱的鼻息。

纤纤突然附在我耳边悄声说："你看，这小伙子长得多像苏晚呀！"我仔细一看，还真像！这小伙子是挺帅的！只听她说："没错，这个人就是苏晚！"

原来今天在苏迷粉丝群里，纤纤听一位朋友无意中透露，苏晚这两天恰好清闲，要出去外面散散心，没想到他竟然也来了这里。我忍不住讥讽道："真的，还是你眼尖，一下子就看出来他是那个大明星！"

纤纤听出了我的满腔醋意，这会儿却没心思跟我斗嘴，不解地自语着：他怎么伤得这么重，却躺在这里没人管呢？

苏晚伤势如此严重，情况危急，必须赶快送医院进行抢救！我急忙给朋友打电话，却被告知对方已关机。大概朋友觉得天色已晚，我们两个会来个激情野宿吧？这不耽误事吗？怎么办？背着一个人，在陌生的乡道上走三四里路，可不是件容易的事。

我把皮包递给纤纤，拼尽全力把苏晚背上了肩，艰难地往前挪开了步子。刚走了半里路，我把他往地上一放，喘着粗气说："我……不背了。既然你平时就崇拜他，干脆你来背他好了。因为他，我平时可没少受你的气，如今却要费这么大劲背一个情敌一样的人……反正我是不背了。"说着话，我坐到路边不走了。

纤纤气得柳眉倒竖、杏眼圆睁了："苏晚都快没命了，你还吃的哪门子酸醋啊？我就是崇拜他，等他伤好了还要嫁给他，气死你！"她赌气地把皮包往地上一摔，大吼一声："你滚，滚远点！"便一把抓住苏晚的胳膊就势一抢，把他扛上了自己的肩头，迈开大步，一溜风似的朝前面的镇子跑去……

再见到纤纤的时候，是在乡镇医院的门口。我是被一伙人抬进那家医院的。纤纤正焦急地朝来路上张望着，大概是后悔当时没有喊上我跟她一块走吧。此刻她正想顺原路回去找我，当她一眼认出从汽车里抬下的那个人正是我时，她不顾一切地扑过来，哭喊着："啊——，你、你怎么了？"大家把她拉开，不由分说把我抬进了急救室。

天刚发亮，铁哥们儿虎子就赶来了。他走进病房的时候，我正和纤纤大笑着互相打闹哩。经过紧急抢救，我的身体状况大有好转。他一进来，就笑着对纤纤说："你可成了传奇人物了！"

昨夜，那个苏晚喝醉酒后跟人决斗，被捅了几刀。随行的人发现他失踪后，赶紧四处寻找，当赶到出事的地方，才看清是脸色惨白的我。当他们听我说苏晚已被女朋友背走了，就把我抬上汽车去追纤纤，可紧赶慢赶也没追上。一直追到医院里才发现，如此年轻漂亮、柔弱苗条的小女子，竟扛着个大小伙子赶了三四里路，简直不可思议呀！回去他们就传扬开了。

纤纤的脸唰地红了，不好意思地低下头窃笑着。原来刚才我正拿这件事跟她开玩笑："昨天晚上你哪来那么大的劲儿呢？除非是爱情的力量！要知道，背上的人可是你崇拜的偶像呢！"羞臊得纤纤作势要打，我赶紧摆手求饶。

　　纤纤不解地问我："还说哩，你昨天晚上到底是怎么回事？害得我直纳闷。分手时，你还跟我置气呢，怎么没一会儿工夫也被抬进了医院？难道是被我气出毛病来了？心眼没那么小吧？"

　　我说："哪跟哪儿呀！当时我心慌气短的，差点要晕过去。就知道可能今天有点累，老毛病要发作了。"

　　纤纤嗔责道："太危险了！你当时咋不跟我实话实说呢？"

　　"要是说了实情，你肯定立时就给吓瘫了，我和苏晚，你谁也救不了。"我调皮地眨巴着眼睛说，"当时我胸口发闷，两眼发黑，知道自己是不行了。正没办法，忽然想起几天前，我买了一袋大米，上楼之前咱俩闹别扭，你一生气单手拎起来，两脚生风一口气就拎上了五楼！把我惊得目瞪口呆的，我算是明白了，只要激起你的情绪，你的潜力不得了呀！"

　　纤纤听到这里，才真正明白了，昨天晚上我并非吃醋，而是巧施"诡计"解除危难。她心疼地说："你太不拿自己的病当回事了！以后我一定多多关心你。你才是我崇拜的偶像。"说着话，我俩紧紧地拥抱在了一起。

# 痰渍上盛开的莲花

原本三个月后，她该穿上婚纱的，但因妈妈被诊断出患有胆肾结石，需要及时治疗，她毅然提出将婚礼推迟到元旦。她想等天气转凉的时候，先带妈妈去做手术。却没料到噩运再一次降临：她 57 岁的父亲突发脑溢血，被送往医院时已不省人事。接到病危通知，她的脑子懵懵的，像陷入了一个幻觉似的。然而，当看到爸爸已变成植物人，实实在在地躺进了重症病房中，她才陡然醒转：家里的"天"塌了，而这塌下来的"天"，得她来顶着！

婚礼不得不再一次无限期推迟。她每天都在筹钱，几年存下来的近 3 万元钱都拿出来给爸爸治病了，还欠下了 15 万元的外债。她辞掉了工作，整天为爸爸喂药、擦澡、按摩。她觉得，哪怕有一丝希望都不该放弃。在医院的前半个月里，她一个姑娘家，每天睡在走廊里值夜，整个八月天里连一次澡都没洗过。后来为了方便照顾，她将爸爸接回了家。

开始她还很担心自己的消毒工作做不到位，会导致爸爸的病情突然恶化。但没想到，老爸一点问题也没有，恢复得比在医院时还要好。有了信心后，她仍不敢有一刻放松，日夜守护在爸爸病床前。最难熬的，是刚将爸爸从医院接回家的那一个月，她几乎没合过眼。原本属于不易瘦型的她，那个月瘦了近 5 斤。

"咳"的一声响，是爸爸的喉咙里有了痰。她双手娴熟地打开吸痰器，从床头拿来吸管，插进父亲被切开的气管里，按下开关按钮，来回 3、4 次才将痰吸净。吸完痰，帮父亲掖好被子，又坐下来为父亲按摩。可祸不单行的是，小区附近的发电机组突然出了故障，需要停电两个月

才能修好。吸痰机是不能用了，爸爸喉咙里生出来的痰，该咋办？望着老爸的喉咙被粘痰堵得"咳咳"直响，越来越多的痰液压迫得爸爸的表情越来越痛苦，她二话没说，俯下身子，用嘴含着吸管将那些粘痰全部吸进了自己嘴里，然后再吐出来。这样反复数次，当她终于看到父亲恢复了安静，才长长地舒出了一口气，站起身去漱口。

在停电的那两个月里，爸爸生出来的痰液特别多，她每天要吸好多次。这一幕，被前来探望的亲友们看在眼里，都感叹不已。很快，这个80后女孩儿用嘴为父亲吸痰的感人事迹，像春风一样迅速撒播开来，一时传为美谈。而她，只是淡然一笑："以前都是老爸为我做这做那，现在是该我回报他的时候了。"

这天，久违的男友前来探望。婚礼一拖再拖，小伙子已是满腹怨言，心情极度郁闷。很多人不断在他的耳边聒噪，奉劝他及早跟她分手。摊上了这么个瘫卧床头的爸，还有个等待手术的妈，又背了一身外债，如果跟她结婚就等于将全部负担揽在自己肩上，何必呢？这些闲言碎语，搅得小伙子心里乱糟糟的。但是，他还是想再来探望她一次，毕竟两人相识一场，对这段感情都付出了很多。

走进她的家门，当他一眼望见她，不禁呆住了。她的脸色极差，熬夜熬得她两眼血丝，憔悴的表情因疲惫而有些僵滞，惹人心疼。他的目光，定格在她那件墨绿色的上衣前襟处，那里因不小心粘着一小块痰渍，她却浑然不觉。而此前的她，是何等的整洁干净、光彩照人啊！他的心，在那一刻突然柔软起来，似乎所有的抱怨与犹豫全都抛到了九霄云外。他默默地掏出一块纸巾，伸出手去帮她擦拭。擦拭过后，那块痰渍的印迹晕染开来，像极了一朵乳白色的莲花。

她觉得尴尬而又悲伤，毅然决然地说：我这样的境况你也看到了。除了照顾好爸爸，我还要想办法为妈妈筹钱做手术，因为妈妈的病情也到了刻不容缓的地步了。我不怨你，也不想拖累你，咱们还是分手吧。

原谅我，在没有见到你之前，我是萌生过这样的念头。男友激动地说：我承认以前真的不曾读懂你，把你跟一般的女孩子混为一谈了。可你知道吗？每当夜深人静时，你家这盏彻夜不熄的灯光，总牵扯着我的

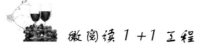

心，因为我知道，在这盏灯下除了有位植物人老者，还有他的女儿——我最心爱的人。别人都只看到，我一旦跟你结了婚，将会替你揽下所有的负累；可没人懂得，同时我还得到了一位拥有金子般品质的女孩作妻子。你孝顺、重亲情、懂得感恩，这些美好品德是多少金钱都难以买到的。美德就像一件漂亮衣服，即使不小心粘上了痰渍，但污秽遮不住它的美丽，艰涩也难掩它圣洁的光华。在我眼里，你就是一朵盛开在痰渍之上的莲花！我发觉，自己从未像现在这样深挚地爱着你，以后无论遇到多少困难，我都将和你一起分担，不离不弃！

　　一番肺腑之言，让她情难自禁地啜泣起来……

时尚女丐

　　熙熙攘攘的火车站，一位年轻男乘客，正急匆匆地朝站内走，被一名时尚的妙龄女孩拦住了。这位靓女看上去约莫十八九岁的样子，个头高挑，化着淡妆，穿一件黑色马夹，左肩挎着小包，右手拖着一只拉杆箱，很像一位旅客。只见她面泛桃花，轻启朱唇说，先生，对不起，我的钱包不见了，能借我点钱吗？只差3块钱。

　　男人看着她，先是呆了一下，没多考虑就从口袋里掏出一张面值5元的钞票递给她。女孩却没有伸手接，她说，对不起，我说的不是3块钱，是13块钱。我要坐火车回老家，现在买票还差一点，请帮帮忙好吗？

　　男乘客听完笑了笑，再次从口袋里拿出一张10元的加上去。

　　女孩又开口了：真的谢谢你，可我买火车票还差43元，如果你能一下给足我，我就可以顺利回家了，我一定会还你的。说着话，一双妩媚的电眼一眨不眨地凝望着他。

　　看着对方不断加码，男乘客望了望女孩的眼睛，有些半信半疑。不过最后，他还是从皮夹子里重新拿出一张50元，说，我没有零钱了，去换一下给你。他走到火车站售票处附近的小商店，买了一瓶水，然后数出43元零钱给了女孩，拿去买票吧，早点回家，也不要你还了。

　　女孩接过钱后，客气地道着谢，快速地将钱放进包内。男乘客走出去老远，忍不住回过头一看，那个时尚女孩仍站在那里，在目送着自己离开。

　　男乘客刚拐进候车室准备检票上车，却被两名值班民警拦住了。他们带他来到车站派出所的监控室，打开监控录像，刚才女孩向他讨钱的一幕又呈现在眼前。让他吃惊的是，镜头里的女孩望着他走远，接着又拦住了另一位独行的男青年，仍用索要路费的老手法乞讨骗钱。当这位出手豪爽的男乘客看到她再次从别人手中接过钱时，失望地说，看来，我的钱并没帮到人，反倒被她给骗了。一开始，我看她的样子挺真诚的，就相信了她。如此时尚的一个女孩子，咋这样呢？

不过很快，他与她就又见面了。在他看录像的时候，警方已迅猛出击，将车站附近以乞讨为名屡次欺诈旅客的女骗子们统统拘捕，一共七个女孩，全部被带到车站派出所。而他，则作为一名受骗者以目击证人的身份在场做证。男乘客一看到那个骗自己钱的女孩，就质问她，你这么时尚的女孩子，咋能骗人家钱呢？一句话，问得她低垂了脑袋。

望着那个骗钱的女孩，男乘客不无惋惜地说，你知道我为啥出手豪爽吗？因为你的眉眼间，颇有几分我初恋女友的影子哩。

原来，这位男乘客是南方人，在郑州开着一家颇具规模的服装厂，这次他是去湖南出差。当他看到女孩的第一眼，就呆住了。恍惚面前站着的，正是自己多年前的初恋！当听到她遇上了难处，怎能不慷慨解囊呢？不仅如此，他还打算聘请这位女孩到自己的服装厂里做时装模特呢！可是后来，看她像变戏法似的不断追加，隐隐觉得这个女孩有心计，却也没往深里想，怀着对美好初恋的那份怀念之情，依然如数给了她43元钱。但是没想到，她却是个专门以乞讨骗钱为职业的女骗子！这让他很失落也很气愤，仿佛玷污了曾经的美好回忆似的。

他严肃地说，作为女人，不一定非要你多么强势，社会上的女强人毕竟凤毛麟角；但起码你要学得一技在身，靠双手劳动养活自己，这样的自立女性比比皆是，令人仰慕。也有出于种种原因陷入困境或遭遇艰难的，只要懂得自尊自爱，一定会有热心人及时伸出援手的，同样能够赢取别人的尊重。而像你这样不自强、不自立、不自爱的"三不牌"时尚女丐，尽管貌美如花、穿戴漂亮，却欺诈以谋生存、拜金不知羞耻，简直可悲可恨。在我眼里，你们还不如路边那个靠擦皮鞋赚取孩子学费的大嫂值得敬重！

　　一番话，说得那些女孩嘤嘤地哭了起来。男乘客最后语重心长地说，哭吧，如果是痛悔的眼泪就尽情地哭吧，让眼泪洗刷掉耻辱的过去，然后开始新的生活。毕竟你们都还年轻，现在悔悟也不算晚。说完，他毅然转身，迈开大步走了出去。

客人想要找小姐

这天晚上，刘光住进了一家豪华宾馆。等吧台小姐开完票，他半开玩笑地问："小姐你真漂亮，不知你们宾馆的服务质量怎么样。"小姐热情地介绍说："我们这家宾馆是市级先进单位，一流的服务。"刘光神神秘秘地问："有特色服务吗？"小姐盯着他看了半天，没做声，只把开好的票据和房间钥匙"啪"地一声甩过来。

洗漱完毕，刘光伸个懒腰，躺在床上打开了电视。频繁地换了几个台，都是些无聊的节目。突然，房间里的电话响起，他纳闷了：谁打来的呢？犹豫片刻，拿起听筒。一个非常温柔的声音传来："先生，请问您需要按摩服务吗？"刘光心里一喜：都说这宾馆里养着不少小姐，专门给人提供特色服务，看来还真不假，但他一口回绝："不要不要！"

刘光故意使了个欲擒故纵的招数，他知道你越说不要，保准电话还得打来。果然不一会儿，刺耳的电话铃声又起，依然是那个电话："我们的姑娘年轻漂亮，可以提供各种服务，保证您满意。"又见不到你人，光打电话怎能令我满意？想了想，刘光又故作恼火地把电话挂了。约摸过了半个小时左右，电话再次响起。光电话来你人不来顶个屁用？刘光想，干脆把戏演足了，他拿起听筒狠狠地训斥了几句。这一训斥，很长时间没有再打来。刘光耐心地看完电视剧，还是没有任何动静，暗想：是不是刚才装得太严肃，真的给吓住了？正胡思乱想着，电话又响了。刘光窃喜：猜你不会就此罢手！他灵机一动，想到个引美女出洞的怪招，就捏着嗓子学女人的腔调极尽温柔地说："对不起，我比你先到了。谢谢，再见！"这一来，对方立即挂了电话。

刘光偷偷地笑了。他学女人腔特像，捏着嗓子装起女人来，比女人还有女人味。刘光猜到这个电话三番五次打来，其实是在试探。外头"打黄扫非"的风声正紧，她们也像他一样，不敢贸然出动。女人都是爱吃醋的动物，自己这个怪招一出，她们肯定会有所行动，等着瞧吧。他得意地连打两声清脆的响指，躺在床上佯睡。

有敲门声。来了！刘光故意伸着懒腰装作睡意惺忪地去开门："谁呀？"

"派出所的，查房。"

一听是派出所的，他愕然了，赶紧开了门，果然是几个穿制服的民警："有人举报你嫖娼，请出示身份证。"他慌忙打开了房间大灯，让民警随便搜查。几个民警把房间里搜了个底掉，当然是一无所获。他们诧异地问："明明听到你房间里有女人的声音，怎么回事？你把那女人藏哪儿了？"

刘光故意又捏起嗓子，用极温柔的女人腔问："你们找的，是不是这样的女人？"几个民警一听，脸上都露出惊奇的神色。"刚才老是接到骚扰电话，我就这样开了个小小的玩笑。"刘光说，"倒是真有个美女陪的，在我刚才的梦里，被你们的敲门声给吓跑了。"

民警笑了，边往外走边道歉："对不起，搞错了！请继续休息。"

刘光重新躺下，却了无睡意。过了没多久，敲门声又响了，很轻很柔的声音。刘光知道这回肯定是真的了，他一骨碌爬起来就去开了门。一道香风刮过，闪进来一位妖艳的女子，进门就把刘光的脖子给搂住了，身体也紧跟着贴了上来，嘴里吐气如兰："乖乖，可想死我了。没想到你还有这么一手，再学个女人的调调儿我听听？"

刘光一双色迷迷的眼睛盯着她的半截酥胸，往床上一指："想听吗？在那里跟你学。"女人娇笑着，拽着刘光扑向床头。只听"咔嚓"一声响，女人的手腕上已多了一副明光锃亮的手铐。

"你，你是……"女人吓得结结巴巴的，她见刘光早已没有了刚才嬉皮笑脸的神态，那副正气凛然的眼神刺得她浑身直打哆嗦。

原来，公安部门多次接到群众举报说这个宾馆包养着小姐，但几次

177

突击检查都没查出任何破绽。恰好刚分配来的刑警刘光自告奋勇，愿意深入虎穴试探。经领导研究决定，批准了他的请求。那几个民警进来查房，刘光一听话音马上就明白了，这几个公安队伍里的渣滓已经被人收买利用了，跟那个打骚扰电话的人是一伙的，成了宾馆的忠实走狗。难怪几次突击检查都毫无结果

很快，刺耳的警笛声在宾馆门外响了起来。

（刊发于《小小说大世界》2009 年 11 期）

 # 预谋狙击

月黑风高。翻过那道高高的河堤，我箭一般直插河底村。

搬过一架梯子搭在马二癫家墙头。爬上房顶，把梯子抽上来，再轻轻顺到院里。一片呼噜声让整个院子静谧得有些瘆人。此刻，日本鬼子翻译官一定正搂着马二癫的妹子睡大觉呢。我蹑手蹑脚地下到院里，轻轻拨开了堂屋门。屋子里一团漆黑。我的手掏向衣兜摸火柴。这次刺杀行动，我随身只带了火柴和镰刀。而鬼子翻译却有盒子枪和手电筒。何况几名荷枪实弹的汉奸就睡在东厢房里待命。由于紧张，手有些哆嗦，掏摸火柴时发出悉悉嗦嗦的声响。这响声惊醒了马二癫的妹子，她把身边的鬼子翻译摇醒了。鬼子一骨碌爬了起来。我一见情势不妙，折身往外便走。一道雪亮的电光跟过来，紧接着啪啪两枪在脚下炸开了花。

故事发生在 1945 年的初春夜。故事里的"我"其实不是我，是我们镇当年的青抗先队长张好中。脑海里浮现如上画面时，十八岁的我——河底村年轻的小林老师正晃晃悠悠地骑着单车走在高高的河堤上。放眼四望，堤下的田野到处郁郁苍苍。成片的高粱旌红似火，茂密的玉米挺拔如一排排哨兵。一派初秋美景我无心欣赏，倒是父亲讲的这个故事令我荡气回肠。我毫不怀疑，如果早生五十年的话，故事里的主人公一定是我。并且面对小鬼子，决不会像青抗先队长那样紧张得手直哆嗦。

不过马上就能证实这一点了。像上天有意考验我似的，这次前往河底村，就突然要与一个小鬼子正面交锋。我真是又紧张又兴奋。

与河底村仅隔半里之遥，就是河岸村。村里有个叫王大炮的人，嫌本村老师教得不好，想让孩子转到河底村插到我教的班上来。人情托到

父亲那里。我父亲当年曾在河岸村任教多年，与王大炮颇有过几次应酬，实在不好回绝。你自己看着办吧，父亲说完，接着道出了一宗隐秘：当年鬼子翻译遇刺没几个月，日本宣布无条件投降。马二癞的妹子匆匆嫁给了河岸村一王姓男人，不久产下一名男婴，就是这个王大炮。几乎人人都知道，他就是那鬼子翻译留下的种。听父亲这么一说，我顿时热血沸腾了。前头说过，我十八岁，正是崇拜和痴迷英雄的年龄。岂能轻易放过跟鬼子打交道的大好机会？如今猛不丁蹦出来个小鬼子，喳喳喳地走来要这么着跟我套近乎：你的教小孩子的哟西，皇军佩服大大的，我们一起哈酒米西的干活？我大义凛然地手一摆，NO，NO！哈酒的不要，米西的也不要！以前你怎么和我老爸米西的我管不着，我是决不会被你的糖衣炮弹所击倒的。这样想着，我呵呵地笑了。

站在讲台上给学生们朗读课文的时候，我的心思总不能集中，眼神时不时地向外面瞟几下。心情忽然有些忐忑。有着鬼子血统的王大炮会长什么样？目光凶残、满脸横肉像个刽子手？

直到一位五十岁左右的粗黑大汉走进来，我才一下子释然了。这汉子脸大眼大，嘴大鼻子也大，有点像香港影星徐锦江，却是个五短身材。大脸盘上满是泥色，一看就是非常朴实的庄稼汉子。因与我的想象相差太远，内心不禁莞尔。但我丝毫没有放松警惕，按照早就预谋好的措辞来了个迅猛狙击：这个事么，我说了也不算，你最好去问村委会。只要人家同意了，我没意见。他大概没料到我会如此搪塞，竟一时噎住了，牛眼珠子愣愣地瞪着我。我想坏了！接下来他也许会掏一块糖或一根金条出来，毛绒绒的鬼爪子亮到我眼前说，小孩，你的同意了，这个归你。还有好处大大的。或者骤然翻脸：八嘎，你的狡猾，拉出去死啦死啦的有！电影里就是这么演的。

仅三五秒钟，他那一脸朴实笑容又堆上来：那是，那是，不会让小林老师为难。说着就告辞。我送他到大门口，竭力掩饰着心头的得意：哼！鬼子再奸诈，也斗不过我人小鬼大的小八路。

周五回家，在村头又遇上王大炮。那事他好像一点没往心里去，仍热情地要和我一道走，顺便拉呱拉呱。他的这份大度让我十八岁的脸庞蓦地烧起了两朵红云。我们俩上了河堤没走多远，就被一群羊挡住了去路。放羊老汉看上去七十出头，依然腰板挺直，双目有神。望见是我，笑眯了两眼，一张口声若铜钟：你个老虎羔子！出息了啊。好好干，多教出来几个大学生。

我惊喜地叫了声：三爷，是您啊！

放羊老汉正是当年的青抗先队长张好中！论辈分我该称他三爷。我喜欢跟他亲近，因为他是我心目中最敬佩的人。当年鬼子翻译遇刺恼羞成怒，疯狗似的在全村搜查。那架梯子当然不会放过，汉奸们追查梯子是谁的。一邻居老太颤声说，梯子是俺家的，可前两天借出去了。借给谁了？老太太手一指马二癞，他！马二癞早吓得屁滚尿流了，扑通一声跪地辩解，太君，我的没有……鬼子翻译紧盯住他的一双脚看。昨晚的刺客长啥模样，他没看清。但手电光却照见了一双穿白布鞋的大脚。活该马二癞倒霉，他两个月前刚死了娘，恰好穿着孝鞋哩。鬼子翻译冷笑一声，从腰里拔出盒子枪，抬手就是两枪。可叹马二癞为了当汉奸，不惜搭上自己的亲妹子，如今又赔掉一条命。后来跟三爷拉呱才知道，其实他当年是想刺杀鬼子翻译不假，但更想除掉一心想当汉奸的马二癞。梯子和白布鞋是早就预谋好的道具，愚蠢的鬼子果然中了计。

我扭头看王大炮，一时有些尴尬。论起来，马二癞是王大炮的亲娘舅哩。再怎么说，也是间接地死在三爷手上的。但出乎意料的是，王大炮和三爷早就熟识，两人热情地打招呼敬烟，头抵着头对火。嘿！这真滑稽。

当年的老土八路和王大炮在谈论今年的雨水和收成。我趁机朝堤下的田野举目望去。成熟的庄稼散发着浓郁的香味，再有个十来天就能收割了。好年景啊。他俩齐声感慨。

暖融融的夕阳洒在我们身上，眼前的世界一片明澈、祥和。

（刊发于《天池小小说》2008 年 11 期）

烟卷西施

　　安镇是大镇，十字街口最繁华的地界店铺林立，乃方圆百姓赶集上会必逛之处。尤其那座高高的戏楼，每逢冬春农闲时节，总有几出好戏上演。有一回唱戏，戏台上锣鼓喧天、人欢马叫，台下观众看得如醉如痴，那些做小买卖的更是生意赏戏两不误，过秤找钱的间隙不忘瞄两眼戏台。忽听"哄"的一声，台下笑炸了锅：原来扮演走卒的小伙子，趁主演念白的时候走了神，一双眼睛光顾着朝西北角上的烟摊处瞅，一时竟忘了走台！

　　街口西北角，有个不起眼的烟摊，摊主是位正值妙龄的女子，名叫小桃红。不知怎的，她的烟卷生意特别好，不抽烟的年轻人都想去她那儿买根烟卷，那些抽烟的慢慢就成了她的老主顾。有事没事的，镇上的男人们似乎都喜欢泡在她的烟摊旁消磨时光，即使不买烟，能跟她搭讪一两句话也好。无论谁来，小女子总笑脸相迎，永远一副处变不惊、沉稳端庄的派头。久而久之，人送雅号"烟卷西施"。

　　渐渐地，人们发现，小桃红的一双桃花眼只往街南瞅。街南几家车马店的夹缝里，开着一间小小的中药铺，药铺老板是个三十岁左右的青年男人，长相斯文俊逸，除了卖药煎药，也管号脉诊病。

　　有一次，小桃红走进药铺去号脉，她的纤纤玉腕被男人的三根手指轻轻搭着，一股奇妙的酥痒滋味，直达她的内心深处。男人的手指白净而柔长，指甲齐整明晰，一点不像那些干粗活的男人的手，粗笨皴裂得让人恶心。小桃红盯着那只手瞅了半天，暗自叹息了一声。在旁边晃来晃去的粗笨女人，就是男人的老婆，她个子矮，模样也不中看，却为男人生了俩小子一个丫头，五张嘴全靠男人的药铺子养活哩。

从那时起，小桃红就浑身添了"毛病"，她得空就往药铺里跑，进来就请男人为自己号脉。这么三抓两捏的，两人就心有灵犀了。男人的老婆长得虽丑，却非傻子，明知自己的男人有了私情，也不敢深劝，只悄悄地抹眼泪，楚楚可怜地加倍小心伺候男人，希望能感化得他回头。哪知男人已被小桃红迷得神魂颠倒了，他的瞳仁里全是小桃红的妖媚倩影，哪里还容得下她？好歹寻了个由头，就要打发老婆孩子回娘家住去。女人简单收拾了一下，拉扯着三个孩子的小手，一步三回头地离开了。

两个干柴烈火般的青年男女很快便搅在了一起。白天，男人低三下四地对小桃红俯首称臣、百般逢迎，晚上则尽情地颠鸾倒凤、巫山云雨。在男人面前，她从来说一不二：她要风风光光地嫁他，男人就将药铺布置成了焕彩的新房；她不许他再跟前妻来往，男人从此只隶属于她一人。可那个女人也非善茬，她隔三差五地从打发孩子来找男人。男人可以不理会那个女人，却狠不下心拒绝自己的孩子。这一点，让小桃红很窝火，她思来想去的，觉得只有自己怀上男人的孩子，才能将他牢牢地抓在手上。但是一年、两年过去了，她的肚子却一直没有动静。好端端的黄花闺女，咋就怀不上孩子呢？急得小桃红多次催促男人为自己彻查诊治，怎奈他总是推三搪四的，似乎并不怎么上心。唉，他一个大老爷们儿，如何能解得透女人的那点小心思呢？

恰在这个节骨眼上，一股流言突然在安镇上传播开来：小桃红不生孩子，不是她不能生，而是有人不想让她生，暗地里在她的饮食中动了手脚掺进了麝香！小桃红这辈子，恐怕再也品尝不到做母亲的快乐了。否则你想啊，鲜花般水灵娇嫩的一个女人，咋能怀不上孩子呢？

这话传到小桃红的耳朵里，不啻五雷轰顶一般，将她震了个趔趄！身边最大的嫌疑对象，莫过于男人了——男人丫头小子全有了，也许他根本就不想再要孩子了；麝香在药铺里也算是常见的药，男人若有心给毫无戒备的自己下药，真可谓神不知鬼不觉。这种种迹象，不由小桃红不多心！她三番五次地哭闹着，追问男人干没干这缺德事。男人一口咬定说没有，抵死不认。为了自证清白，他开始领她四处求医拜佛，怎奈小桃红的肚子终究没能鼓起来。两人从此陷入无休止的争吵之中。半年后的某个晚上，在外面躲了一天的男人进家来，发现小桃红吞了砒霜，身子都已僵了，一双眼却圆瞪如灯。男人抱着她的尸体，哭得死去活来。

一霎时全镇皆惊，大伙儿众说纷纭，莫衷一是。有人说小桃红是含恨而亡的，她终于看清了男人的真实嘴脸，其实他并未付出真心，他贪恋的无非是她如花似玉的身体，小桃红绝望之际宁愿一死也决不苟且。也有人说小桃红是为爱赴死的，她选择如此决绝的方式，是把自己变成一根扎向男人心头的刺，以博取他终生的愧疚和疼惜，虽死犹生！当然，这都是无事闲人们的胡乱揣测而已。小桃红究竟因何而死，就跟男人究竟有没有给她下过药一样，恐怕只有当事人自己心里最清楚了。

其实，男人有没有给小桃红下过药，这并不重要。重要的是，她终究还是轻信了"自己不能怀孕的罪魁祸首，是误食麝香"，他们此前轰轰烈烈的爱情，竟在一瞬间被这个无稽的流言击得粉碎。那么，平白无故地，安镇上咋会突然刮起这样一股空穴来风呢？最先炮制这个流言的人是谁？人们疑惑的目光，自然而然地锁定在了男人前妻的身上，纷纷感叹真是人不可貌相啊，毕竟风平浪静之后，最得益的人就是她了。如今，她又领着三个孩子寻了男人而来，一家五口重新过起了其乐融融的平淡生活，仿佛此前的一切较量从未发生过。

话说回来，女人为了她自己的幸福竭力筹谋算计，本也无可厚非；试问小桃红当初，又何曾给她留了一条退路呢？只可惜了小桃红，那么聪明要强的一个美人，竟被有关麝香的传言要了命，从此香消玉殒了。放眼世上那些给人家当小三的，又有几人是好下场的呢？想来，这就是她的宿命啊。

十字街口的那个烟摊仍在，却早已物是人非。